ILS EN ONT

MENTI

PAR

UN RURAL

NOUVELLE ÉDITION

PRIX : 50 CENTIMES

EN VENTE

CHEZ TOUS LES LIBRAIRES

—

1871

Paris. — Imp. BALITOUT, QUESTROY et Cᵉ, 7, rue Baillif.

ILS EN ONT MENTI

CHAPITRE PREMIER

Exposé de la question.

Cet écrit n'a rien de politique ; l'auteur n'est point un homme de parti. A ses yeux, le meilleur gouvernement pour une nation est celui qui répond le mieux à ses besoins et qui la rend le plus heureuse.

Son unique but est de signaler les vraies causes des malheurs de la France, et d'en faire retomber la responsabilité sur qui de droit.

Assez longtemps le mensonge a égaré l'opinion publique ; il faut enfin que la vérité parle.

*
* *

Depuis le lion de la fable qui expire sous le coup de pied de l'âne, jusqu'à Napoléon III, tous les pouvoirs tombés ont eu le même sort.

Il s'est trouvé des brutes pour les accabler d'une dernière insulte, des oiseaux de proie pour s'abattre sur leurs dépouilles, des reptiles immondes pour les souiller de leur bave impure.

Cependant l'histoire ne nous avait pas encore offert un spectacle aussi hideux que celui de la révolution du QUATRE septembre.

Tout ce que l'ambition a de plus avide, l'envie de plus perfide et la haine de plus venimeux, les héros de cette fatale journée l'ont étalé aux yeux de la France stupéfaite.

Nos pères se rappellent le torrent d'injures que les partis du passé déchaînèrent contre le premier Napoléon, au moment de sa chute. Elles ne furent égalées que par les acclamations enthousiastes qui accueillirent son retour de l'île d'Elbe et la rentrée de ses cendres.

L'insulte et la calomnie n'ont pas plus épargné, dans leur exil, Charles X et Louis-Philippe; mais aucun des souverains déchus n'a été aussi indignement traité que celui qu'on appelait, à si juste titre : L'ELU DU PEUPLE.

* *
*

Est-ce parce qu'il a le plus longtemps régné sans rien perdre de l'immense popularité qu'il devait d'abord à son nom ?

Est-ce parce qu'il avait ainsi lassé la patience de ceux qui voulaient prendre sa place ?

Ou bien serait-ce, comme le prétendent ses ennemis, parce qu'il a le plus abusé de son pouvoir au détriment du pays ?

Il importe à tous de le savoir; à ceux qui l'ont servi comme à ceux qui l'ont combattu ; aux premiers pour se féliciter de leur conduite ou déplorer leur erreur, aux seconds pour justifier leurs accusations ou en faire amende honorable.

La France entière, qui l'a si souvent acclamé, et les puissances de l'Europe, qui ont si longtemps entretenu des relations avec lui, ont également intérêt à savoir si cet homme qui, pendant vingt ans, a occupé le premier trône du monde et a reçu de si éclatants témoignages d'affection et de confiance, ne méritait, au fond, que la haine et le mépris.

Car, s'il en est ainsi, l'histoire n'aura jamais assez de honte pour flétrir comme ils le méritent ceux qui se sont obstinés à le vouloir pour chef. Nous sommes *huit millions* de Français, presque toute la nation, qui n'aurons plus qu'à nous frapper la poitrine et à nous voiler la face.

Mais s'il en était autrement, si tous les reproches dont l'Empereur a été accablé n'étaient que d'odieuses calomnies, que penser et que faire de ces misérables ambitieux qui n'ont usurpé son pouvoir que pour tromper la France, la ruiner, la déshonorer, et la livrer, pieds et poings liés, à l'ennemi ?

*
* *

Il y a là un grand procès à juger, le plus grand qui se soit instruit dans le monde ; et jamais le moment de le vider ne sera aussi opportun. Les faits viennent de se passer, les témoins sont présents, les juges, c'est-à-dire la France et l'Europe, n'attendent que la lumière pour prononcer leur arrêt.

*
* *

Résumons, dans les questions suivantes, les charges de l'accusation.

1° Est-ce l'Empereur qui a voulu la guerre ?

2° Est-il cause que la France n'y était pas préparée ?

3° Est-ce lui qui l'a dirigée et l'a rendue si désastreuse ?

4° S'est-il conduit, devant l'ennemi, d'une manière indigne de son rang et de son nom ?

5° N'a-t-il rien fait pour la prospérité, ni pour la gloire du pays ?

6° Ne s'est-il occupé, pendant son règne, que de corrompre la nation et de s'enrichir à ses dépens ?

CHAPITRE II

L'Empereur a-t-il voulu la guerre ?

Incontestablement. Mais **quand** et **pourquoi** la voulait-il ?

Il la voulait quand la France serait prête à la faire avec succès.

Il ne la voulait que pour un grand intérêt national.

On ne fait plus aujourd'hui la guerre pour la guerre ; Napoléon Iᵉʳ lui-même, qui ne la craignait pas et qui, certes, la faisait bien, n'a jamais entrepris une campagne que par des motifs supérieurs ou pour repousser les attaques des ennemis de la France, coalisés contre elle.

*
* *

On a dit que Napoléon III n'avait voulu la guerre que dans l'intérêt et pour la gloire de sa dynastie.

Mais, que pouvait gagner à cette guerre une dynastie que la volonté du peuple venait de consacrer à nouveau par la presque unanimité des suffrages ? et comment ajouter à la gloire d'un nom que tant de victoires ont immortalisé ?

Napoléon III n'a jamais rêvé de surpasser, ni seulement d'égaler Napoléon Iᵉʳ sur les champs de bataille.

Après avoir relevé la puissance et le prestige de la France par les victorieuses campagnes de Crimée et d'Italie, par les expéditions en Chine et au Mexique, par la conquête de la Kabylie et de la Cochinchine, que pouvait-il encore ambitionner ?

Une seule chose. Se créer dans l'histoire une place à part, en développant sur la plus grande échelle les facultés productives et la prospérité du pays.

C'est, en effet, à cette tâche éminemment pacifique qu'il a principalement consacré ses efforts.

Si donc il voulait la guerre quand il serait prêt à la faire, ce ne pouvait être que pour le plus grand intérêt de la France.

*
* *

Il la voulait par les mêmes motifs et pour le même but que l'avaient voulue tous ses glorieux prédécesseurs :

Henri IV, quand il se préparait à combattre la maison d'Autriche dans les Pays-Bas ;

Richelieu, quand, après avoir rétabli l'ordre et l'unité dans le royaume, il projetait de rendre à la France les limites que, selon l'expression de ce grand homme, « Dieu lui-même avait tracées. »

Louis XIV, quand, après avoir mis fin à la guerre civile en chassant, le fouet à la main, les parlementaires de son temps, il entreprit ses immortelles campagnes sur le Rhin ;

La République, quand elle s'emparait de la Belgique ;

Le général Bonaparte, quand il imposait à l'Autriche les traités de Campo-Formio et de Lunéville, qui nous assuraient définitivement les frontières du Rhin ;

La Restauration elle-même, quand elle s'entendait avec la Russie, pour les recouvrer ;

Il la voulait, enfin, comme la France la veut depuis des siècles, et comme elle la voudra toujours jusqu'à ce qu'elle ait reconquis cette partie intégrante de son sol qu'elle possédait quand elle s'appelait la GAULE, qu'elle a reprise chaque fois qu'elle a été assez forte pour le faire ; comme elle la veut, surtout, depuis que les traités de 1815 l'en ont violemment dépouillée.

Oui, tel était le projet de Napoléon III. Il l'avait déjà dans l'exil, et, du jour où la volonté nationale l'eut fait monter au trône, il n'a cessé de considérer la revendication de nos limites naturelles comme un des premiers devoirs de sa dynastie.

Ses victoires dans la campagne de 1859 nous avaient rendu notre frontière du côté des Alpes et ouvert les portes de l'Italie ; un vigoureux effort contre la Prusse devait nous restituer notre frontière du Rhin.

*
* *

Ce projet était-il dirigé contre l'Allemagne?

Non. Aucun souverain ne s'est montré plus sympathique à l'Allemagne que Napoléon III; aucun n'a plus que lui désiré l'unité et l'indépendance de cette grande nation; aucun n'a plus fait pour l'empêcher de tomber sous le joug prussien.

L'Empereur n'a-t-il pas dit, au commencement de la lutte : « Nous ne faisons pas la guerre à un peuple, nous ne faisons pas la guerre à l'Allemagne; nous faisons la guerre à la politique dont le drapeau porte pour devise : *La force prime le droit!* »

Mais, pour l'Empereur comme pour la France, l'Allemagne ne commence que de l'autre côté du Rhin, d'accord en cela avec la géographie, avec l'histoire, avec César, qui dit que *le fleuve du Rhin sépare les Germains des Gaulois.*

*
* *

Est-ce à dire que, pour obtenir ce grand résultat, la guerre fût indispensable?

L'Empereur espérait, non sans raison, y arriver pacifiquement.

Pour cela il comptait, d'une part, sur la crainte salutaire que devait inspirer la puissance de la France; d'autre part, sur la sagesse et l'esprit de justice des principaux Etats étrangers.

De là le projet de congrès que l'Empereur leur soumit et qu'il annonça, en ces termes, dans son discours d'ouverture des Chambres en 1863.

« Les traités de 1815 ont cessé d'exister. La force

1.

des choses les a renversés ou tend à les renverser partout. Ils ont été brisés en Grèce, en Belgique, en Italie
comme sur le Danube. L'Allemagne s'agite pour les
changer et la Russie les foule aux pieds à Varsovie.

« Au milieu de ce déchirement successif du pacte
fondamental européen, les passions ardentes se sur-
excitent, et, au midi comme au nord, de puissants
intérêts demandent une solution. Quoi donc de plus
légitime et de plus sensé que de convier les puissances
de l'Europe à un congrès où les amours-propres et
les résistances disparaîtraient devant un arbitrage
suprême ?....

« Deux voies sont ouvertes : L'une conduit au progrès par la conciliation et la paix ; l'autre, tôt ou tard,
mène fatalement à la guerre par l'obstination à maintenir un passé qui s'écroule. »

Les puissances ne répondirent point à l'appel de
l'Empereur.

L'Autriche et l'Italie n'auraient pas demandé mieux;
mais l'Angleterre fit la sourde oreille ; la Prusse et la
Russie, qui avaient tant profité des abus de la force et
qui ne pouvaient réaliser que par elle la suite de leurs
vues ambitieuses, se gardèrent bien de prêter les
mains à ce grand projet de pacification générale.

*
* *

Dès ce moment l'Empereur comprit que la France
ne devait plus compter que sur son épée pour revendiquer ses droits.

Les récents succès de la Prusse, les violentes an-
nexions qui en ont été la suite, le rapide accroisse-

ment de sa prépondérance en Allemagne et les obstacles qu'elle ne cessait de susciter à notre politique, à nos intérêts ; tout cela confirmait l'Empereur dans sa résolution de se préparer à une lutte prochaine.

Sachant que, réunie aux Etats de l'Allemagne du sud, la Prusse pouvait mettre immédiatement en ligne plus d'un million d'hommes, Napoléon III voulut être en mesure de lui en opposer au moins autant.

Pour cela, il fallait organiser notre armée dans des proportions telles que son effectif se composât de *sept à huit cent mille* soldats aguerris, et de *trois à quatre cent mille* mobiles, parfaitement armés et exercés.

Cette organisation permettait à la France d'entrer en campagne avec près de *douze cent mille* hommes, appuyés sur une réserve de *deux millions* de gardes nationaux qui auraient été chargés de la défense de nos places et du maintien de l'ordre dans le pays.

Avec de telles forces la France était invincible.

*
* *

Pourquoi ne les avait-elle pas au commencement de la guerre actuelle ? Et pourquoi, ne les ayant pas, s'est-elle lancée dans une aventure qui ne pouvait finir que par un désastre ?

En d'autres termes :

Qui a voulu la guerre quand nous n'étions pas prêts à la faire ?

Et qui est cause que nous ne l'étions pas ?

Les faits vont répondre. Ils parlent avec bien plus d'autorité que toutes les déclamations des rhéteurs.

CHAPITRE III.

L'Empereur a-t-il voulu la guerre de 1870?

Autant il était résolu à marcher contre la Prusse quand la France serait en mesure de le faire avec succès et profit, autant il était opposé à la guerre qui vient de se terminer si malheureusement pour lui comme pour le pays.

Les preuvent abondent.

Dans les *papiers secrets* de la famille impériale, on a trouvé des lettres du maréchal Lebœuf, qui prouvent clairement que l'Empereur ne voulait pas la guerre en 1870, qu'il ne l'a déclarée que contraint et forcé par les circonstances.

On y a également trouvé une note écrite par l'Empereur, deux mois avant la guerre, dans laquelle il démontre qu'en présence des forces de la Prusse, la lutte était *impossible*.

Ces pièces, le gouvernement du QUATRE septembre s'est bien gardé de les publier; elles auraient détruit l'odieux système de calomnies dont il s'est servi pour abuser la France.

L'Empereur voulait si peu cette guerre que, quelque temps avant qu'elle éclatât, il avait proposé à la Prusse un désarmement réciproque, et en avait même donné l'exemple, en réduisant de 10 mille hommes le contingent annuel appelé sous les drapeaux.

Jusqu'à ses derniers revers, Napoléon III passait, à juste titre, pour le plus habile souverain de l'Europe; or, n'en eût-il pas été le plus insensé, s'il avait voulu lancer la France contre un ennemi qui, en ce moment, disposait d'une armée trois fois plus forte que la sienne?

Jamais l'Empereur n'avait entrepris une guerre sans s'être assuré le concours de quelque puissance qui en diminuait le péril en le partageant.

Dans la campagne de Crimée, nous avions pour alliées l'Angleterre et l'Italie; dans celle d'Italie, nous marchions avec le Piémont; au début de l'expédition du Mexique, nous étions avec l'Angleterre et l'Espagne; en Chine, les Anglais étaient encore à nos côtés, et les Espagnols en Cochinchine.

Comment supposer que l'Empereur aurait entrepris la guerre la plus formidable sans s'être ménagé aucune alliance, surtout quand il savait que l'Autriche, pour se venger, n'eût pas demandé mieux que de joindre ses forces aux nôtres?

Si donc l'Empereur n'avait pas d'allié au commencement de cette guerre, c'est qu'alors il ne la voulait pas et ne pouvait pas même la prévoir.

*
* *

Certes, s'il eût voulu la faire dans des conditions aussi désavantageuses, les occasions ne lui ont pas manqué.

Qui l'empêchait de prendre fait et cause pour notre vieil et fidèle allié le Danemark, dans la guerre injuste que lui fit la Prusse, et plus tard quand elle re-

fusa, malgré les traités, de lui restituer le nord du
Schleswig ?

Et les préparatifs de la Prusse contre l'Autriche
avant Sadowa ; et les spoliations qui ont suivi cette
victoire ; et les traités d'alliance offensive et défensive
imposés aux petits Etats du sud de l'Allemagne,
dont la France avait toujours protégé l'indépendance !

Et l'opposition de M. de Bismark à notre prise de
possession du grand-duché de Luxembourg ; et le
projet de percement du Saint-Gothard par un chemin
de fer qui nous enlevait une partie du transit du nord
en Italie.

Et les rodomontades des officiers prussiens contre
notre armée ; et l'insolence avec laquelle ils prédisaient
nos prochaines défaites !

N'y avait-il pas là des motifs plus que suffisants
pour justifier une guerre contre la Prusse ?

M. Drouyn de Lhuys en était alors tellement convaincu, qu'il se démit du ministère des affaires étrangères, parce que l'Empereur s'opposait à la guerre.

Mais pourquoi l'Empereur s'y opposait-il ? Nous
l'avons déjà dit : parce qu'il n'était pas prêt.

*
* *

Qui la voulait alors, ou, du moins, qui y poussait
les esprits pour dépopulariser le gouvernement ?

L'opposition, qui ne cessait de reprocher à l'Empire
les faiblesses de sa politique en présence des empiéte-
ments incessants de la Prusse.

Cette petite fraction de députés opposants qu'on
appelait les *Cinq,* et qui est arrivée au pouvoir sur

les ruines de l'Empire, était alors des plus belliqueuses.

Dans ses journaux, dans ses discours, dans les réunions publiques, elle saisissait toutes les occasions
d'accuser le Gouvernement de compromettre les intérêts et la dignité de la France par ses complaisances
envers la Prusse.

M. J. Favre, qui, depuis, a si souvent déclaré que
l'Empereur était l'unique auteur de la guerre, se
signalait alors, entre tous, par la véhémence de son
langage.

Avec quelle mordante ironie lui et les siens n'ont-ils
pas tourné en ridicule, après Sadowa, la circulaire du
ministre des affaires étrangères, M. de Lavalette, et
les discours de M. Rouher, qui cherchaient à calmer
l'effervescence du pays?

S'ils l'ont oublié, leurs propres amis se sont chargés
de le leur rappeler :

*
*   *

Dans la *Revue des Deux-Mondes*, du 15 septembre
1870, M. Renan s'exprime ainsi : « L'opposition, uniquement attentive à une fausse popularité, parlait
sans cesse de la honte de Sadowa et de la *nécessité
d'une revanche.* »

L'*Opinion nationale* du 13 juillet était encore plus
explicite : « Depuis 1866, l'opposition systématique de
toutes nuances n'a rien négligé pour souffler charita-
blement le feu.

» A force de parler de l'humiliation de la politique
française, à force de nous montrer la France descen-

due au rang de puissance secondaire, on en est venu
à exaspérer une portion considérable du pays qui
veut, à tout prix, une revanche. »

M. Thiers lui-même, quoique moins violent que ses
amis de la gauche, ne s'était pas montré plus sage.
Un des journaux qui appuyaient sa politique, le *Soir*,
le lui reprochait en ces termes :

« Ce qui n'a pas de nom, c'est la conduite de
M. Thiers, de ce même M. Thiers qui sème le vent
depuis quatre années et s'étonne aujourd'hui de récol-
ter la tempête; de ce même M. Thiers qui a tant crié
contre Sadowa et se fâche aujourd'hui *parce qu'on fait
ce qu'il a toujours conseillé de faire !* »

On voit donc que, si la France n'a pas déclaré plus
tôt la guerre à la Prusse, ce ne fut pas la faute des
chefs de l'opposition.

Il est vrai que si l'Empereur eût eu l'imprudence de
suivre leurs conseils, ils auraient crié contre lui plus
haut encore.

Tout leur était bon pour arriver à leurs fins; c'est-
à-dire, pour le renverser et prendre sa place.

*
* *

Quoi qu'il en soit, l'événement qui a rendu la
guerre inévitable n'était pas plus le fait de l'Empereur que celui de la France : tous deux en ont été également surpris, également indignés, également victimes.

Une intrigue ourdie entre deux ennemis implaca-
bles de la France et de l'Empereur, M. de Bismark et
Prim, l'un payant, l'autre payé, avait abouti à offrir

la couronne d'Espagne à un membre de la famille royale de Prusse, le prince Léopold de Hohenzollern. Celui-ci l'avait acceptée, et n'attendait plus que la simple formalité du vote des Cortès pour aller s'asseoir sur le trône du petit-fils de Louis XIV.

On sait combien la possession de ce malheureux trône avait coûté d'humiliations au grand Roi et, à la France, de sang et de ruines. L'Europe entière s'était coalisée pour s'y opposer. Il s'en était suivi une guerre des plus longues et des plus désastreuses.

Ce que les puissances européennes n'avaient pas voulu permettre à Louis XIV, par crainte de voir s'accroître la prépondérance de la France, celle-ci, qui supportait déjà si impatiemment les agrandissements de la Prusse, pouvait-elle le tolérer chez le roi Guillaume ?

Entre l'Allemagne soumise à la Prusse et l'Espagne tombée au pouvoir d'un prince prussien, que serait devenue la France, serrée ainsi comme dans un étau par la rude main de Bismark ?

*
* *

Notre instinct national ne s'y est pas trompé. La candidature du prince Léopold était à peine connue, que la France entière bondissait sous l'affront. Il n'y eut, dans tous les partis, qu'un sentiment : celui de l'indignation, et qu'un cri : celui de la vengeance.

Ce cri retentit dans les grands corps de l'État comme dans les journaux, dans les départements comme à Paris.

M. Thiers lui-même, qui ne voulait plus la guerre quand il vit qu'elle était inévitable, reconnaissait cependant que : « La prétention de la Prusse était une *offense à la dignité de la France, une entreprise contre ses intérêts.* » Que lui fallait-il de plus ?

Le *Temps* du 5 juillet disait : « Si un prince prussien était placé sur le trône d'Espagne, ce n'est pas jusqu'à Henri IV seulement, c'est jusqu'à François Ier que nous nous trouverions ramenés. Ce serait l'empire de Charles-Quint reformé contre nous et dans des conditions plus dangereuses encore. »

Le *Siècle* exprimait la même opinion, presque dans les mêmes termes.

Le *Rappel*, journal de Victor Hugo, va plus loin :

« Les Hohenzollern en sont venus à ce point d'audace qu'ils osent méditer la domination universelle qu'ont vainement rêvée Charles-Quint, Louis XIV, Napoléon. Il ne leur suffit plus d'avoir conquis l'Allemagne, ils aspirent à dominer l'Europe ! Ce sera pour notre époque une éternelle humiliation que ce projet ait été, nous ne disons pas *entrepris, mais seulement conçu.* »

A la même date, M. Ed. About, dans le journal le *Soir*, s'écriait : « Quoi ! On permettrait à la Prusse d'installer un proconsul sur notre frontière d'Espagne ! Mais alors nous sommes trente-huit millions de prisonniers ! »

Le *Gaulois* n'était pas moins résolu : « S'il a plu à l'Empire *autoritaire* d'accepter Sadowa et de se consoler de l'affaire du Luxembourg, la France *libérale* ne saurait supporter qu'on la brave et qu'on la provoque impunément. Le Gouvernement ne pourrait, *sans trahir la France*, supporter un jour de plus les insolences prussiennes. »

Toute la presse parlait dans le même sens (1).

* *

Cependant les journaux de l'opposition ne pouvaient approuver, sans réserve, la conduite du gouvernement. Ils lui reprochaient de s'être laissé surprendre par la Prusse. Ils accusaient notre diplomatie de n'a-*voir rien su* de l'intrigue tramée contre notre *honneur* et notre *sécurité*.

Ici encore ils se trompaient.

Dès le mois de mars 1869, le projet d'élever au trône d'Espagne un prince prussien avait été révélé au gouvernement de l'Empereur, qui avait immédiatement chargé notre ambassadeur à Berlin, M. Benedetti, de déclarer à M. de Bismark que la France *ne le permet-trait pas.*

Qu'avait répondu le rusé chancelier?

Que nous ne devions nullement nous préoccuper d'une combinaison qu'*il jugeait irréalisable.*

En son absence, le ministre qui le remplaçait à Berlin s'était montré plus rassurant encore. M. de Thiele avait engagé *sa parole d'honneur* que « le prince de Hohenzollern n'était pas et ne pouvait pas devenir un *candidat sérieux* à la couronne d'Espagne. »

Le gouvernement français était donc parfaitement instruit de cette intrigue.

(1) Nous pourrions multiplier les citations; mais elles nous mèneraient trop loin.

Ceux qui désirent connaître plus complétement l'opinion des écrivains et des journaux sur ces graves questions n'ont

S'il n'a pas cru devoir en informer le public, c'est qu'après les déclarations si formelles de la Prusse, il ne doutait point qu'elle y eût renoncé, et que, résolu comme il l'était alors d'éviter la guerre, il jugeait prudent de ne rien dire qui pût surexciter le sentiment national.

*
* *

Même après que cette intrigue fut reprise et dévoilée, en juillet 1870, et quand tous les partis demandaient la guerre, notre gouvernement s'efforçait encore d'écarter de la France cette calamité.

Les journaux qui lui étaient le plus dévoués tenaient seuls un langage pacifique. Ils considéraient comme chose insensée de nous exposer aux hasards d'une grande guerre contre l'Espagne et contre la Prusse, pour une querelle qu'un peu d'esprit de conciliation pouvait aisément apaiser.

Dans la séance où le ministère avait communiqué aux Chambres la déclaration qu'il venait d'adresser à la Prusse, M. E. Ollivier affirmait que, loin de désirer la guerre, le Gouvernement ne voulait que *la paix*, pourvu seulement qu'elle fût *compatible avec l'honneur*. En parlant ainsi, le ministre exprimait la pensée de l'Empereur aussi bien que celle du cabinet.

*
* *

Mais, plus le gouvernement impérial s'efforçait de

qu'à lire un ouvrage fort remarquable que M. GIRAUDEAU a publié chez le libraire AMYOT, sous le titre de : LA VÉRITÉ *sur la campagne de* 1870.

maintenir la paix, plus les journaux de toute nuance, d'accord ici avec l'opinion publique, cherchaient à l'entraîner à la guerre.

Citons-en seulement quelques extraits :

Le *Figaro*, « La France peut exiger *plus que le désaveu* de la candidature du prince de Hohenzollern. Se voyant berné, trompé, joué par la Prusse, notre gouvernement *doit exiger des garanties*. Il peut compter sur le concours du pays. »

Le *Gaulois*; « Pour la première fois, le ministère a parlé le seul langage digne d'un cabinet français. Si nous avions supporté ce dernier affront, *il n'y avait plus une femme au monde qui eût accepté le bras d'un Français.* »

Le *Correspondant*, journal peu sympathique à l'Empire, applaudit à la ferme attitude du Gouvernement. « Toutes les âmes patriotiques ont salué, comme la Chambre, la déclaration du pouvoir, en y retrouvant avec joie *le vieil accent de la fierté nationale.* Quand on réfléchit aux sentiments qui bouillonnaient dans toutes les poitrines, on ne s'étonnera pas que le Gouvernement lui-même ait cédé à *l'entraînement universel.* »

Le *Soir*, après avoir rappelé la communauté de ses opinions avec l'opposition, ajoute :

« La gauche a beau faire, tous les députés voient clair dans son jeu et répètent qu'elle eût crié *au déshonneur*, si le ministère avait cédé. Ces prétendus héritiers de la Convention sont singulièrement loin de leurs pères. »

Le *Constitutionnel*, qui exprimait la pensée du ministère, ayant dit que : « Si le peuple espagnol refusait spontanément le souverain que Prim voulait lui imposer, nous n'aurions plus rien à demander au cabinet de Berlin, la *Liberté* lui répond : « qu'il se trompe, qu'il resterait encore à la France et à l'Europe à demander à la Prusse *des garanties pour l'avenir.* »

« Finissons-en, » dit le même journal, par la plume de M. E. de Girardin. « La Prusse ne cédera que devant la peur. Prenons un parti *énergique,* le seul qui convienne à la France ; et, si la Prusse refuse de se battre, nous la contraindrons, *à coups de crosses,* de repasser le Rhin et de vider la rive gauche. »

Quant aux journaux de la République rouge, entre autres le *Rappel* de M. V. Hugo et le *Réveil* du citoyen Delescluze, ils sont loin de nier l'injure reçue par la France, ni le danger que lui ferait courir un prince prussien sur le trône d'Espagne ; mais ils s'en réjouissent, parce qu'ils espèrent que, quoi qu'il arrive, que l'Empire fasse la guerre ou qu'il subisse encore cette *nouvelle humiliation,* il n'en sera pas moins renversé au profit de la République.

*
* *

La population était encore plus prononcée que les journaux.

Tout le monde se rappelle les promenades de ces foules innombrables parcourant les rues et les boulevards aux cris de : Vive la guerre ! et les huées dont étaient poursuivis les rares individus qui osaient crier : Vive la paix !

« C'était, comme l'a dit M. Thiers, plus que de

l'agitation, plus que de l'entraînement, c'était de l'*emportement*. »

*
* *

Tel était l'état des esprits lorsqu'arriva la nouvelle que le prince de Hohenzollern renonçait à sa candidature. Son père, le prince Antoine, que les journaux appelaient ironiquement : *Le père Antoine,* venait de l'annoncer à l'ambassadeur d'Espagne, M. Olozaga, qui s'était empressé d'en faire part à notre ministère.

Cette nouvelle fut accueillie par le gouvernement de l'Empereur avec une satisfaction marquée. La renonciation du prince suffisait à ses yeux pour terminer le différend. Seulement il désirait qu'elle lui fût notifiée officiellement par le roi de Prusse, qui promettrait en même temps d'empêcher le renouvellement de cette cause de conflit.

Dans sa dépêche à M. Benedetti, M. de Gramont, notre ministre des affaires étrangères, ne demandait pas autre chose.

Mais cela ne suffisait point aux exigences de l'opinion publique. Ni les Chambres, ni la presse, ni la population ne voulaient s'en contenter.

*
* *

Plusieurs députés de l'opposition et les sénateurs les plus indépendants trouvaient *dérisoire* la satisfaction demandée par le Gouvernement. Le malheureux sénateur Bonjean, les députés Pelletan, de Kératry, Gambetta lui-même blâmaient hautement, soit à la tribune, soit dans les couloirs, le ministère de se montrer satisfait pour si peu.

Les journaux de toute nuance, les opposants surtout, était intraitables.

Le *Constitutionnel* ayant déclaré que, « puisque le prince prussien renonçait à régner en Espagne, il ne demandait pas davantage, et qu'il accueillait avec orgueil cette solution pacifique, cette grande victoire qui ne coûtait pas une larme, pas une goutte de sang, » la *Presse* lui répond :

« Cette victoire, qui ne coûte *ni une larme, ni une goutte de sang,* serait pour nous la pire des *humiliations.* Aujourd'hui nous n'avons plus le choix qu'entre l'*audace* et la *honte.* »

L'*Opinion nationale :* « On dit aujourd'hui que nous avons la paix ! Quelle paix ? Qu'avons-nous obtenu de la Prusse? Quel désaveu du passé; quelles garanties pour l'avenir? Rien. Le candidat prussien lui-même reste dans la coulisse ; c'est *son papa* qui vient nous annoncer son désistement. »

L'*Univers :* « Prétexte ou raison, l'occasion est bonne pour la guerre. La France ne peut laisser la Prusse s'*agrandir* davantage. Pour l'empêcher, il faut l'*amoindrir.* »

Le *Paris-Journal :* « Qui diable se serait douté que nous aboutirions à ce joli résultat ?

» Quoi! tant de redomontades pour sortir par le trou de la serrure !

» Bismark nous a joués par-dessous jambe. Cette fois c'est trop. Le Gouvernement lui-même ne pouvait supporter en silence un pareil affront. »

Le *Soir :* « L'enthousiasme est grand dans la Chambre. Si le ministère y apporte une déclaration de guerre, la salle croulera sous les applaudissements.

Sinon, ce sera plus qu'un désappointement, ce sera un immense éclat de rire. »

*
* *

Les rares journaux opposants qui prêchaient en faveur de la paix quand ils croyaient que le Gouvernement était à la guerre, s'empressèrent de crier contre lui aussitôt qu'ils purent craindre un dénoûment pacifique.

« La France entière, dit la *Gazette,* pensait que le Gouvernement avait résolu de prendre sa revanche de Sadowa, et l'on croyait à une guerre *prompte, énergique et réparatrice.* Mais M. de Bismark connaît nos ministres; il n'a pas douté un instant de la paix ! »

Le *Siècle* affirme que la perspective d'une issue pacifique n'a pas été accueillie avec satisfaction par les journaux. « Les fanfares du *Constitutionnel* en faveur de la paix n'ont pas trouvé d'échos. »

Ainsi la presse est unanime pour repousser les tentatives de conciliation, au moment même où le gouvernement de l'Empereur redoublait d'efforts pour les faire aboutir.

*
* *

L'opinion publique ne voulait plus entendre parler de paix.

Les cris de guerre se produisaient partout avec une intensité et un ensemble formidables. Le ministre Ollivier qui passait, avec raison, pour un partisan de a paix, est poursuivi, insulté jusque devant son hôtel; le *Constitutionnel* est déchiré, foulé aux pieds; l'Em-

pereur, dans sa voiture, est entouré sur les boulevards
d'une foule enthousiaste qui l'accompagne en criant :
La guerre ! la guerre !

Cet élan national frappait les étrangers, même les
plus flegmatiques.

L'ambassadeur d'Angleterre écrivait à son gouvernement :

« L'excitation du public et l'irritation de l'armée
sont telles qu'il devient douteux que le gouvernement
français puisse résister au cri poussé pour la guerre.
On sent qu'il sera obligé d'apaiser l'impatience de la
nation en déclarant formellement son intention de tirer vengeance de la conduite de la Prusse. »

En effet, le Gouvernement dut céder à l'entraînement populaire. C'est ce que l'Empereur disait à des
Anglais le lendemain de la déclaration de guerre :
« Mon Gouvernement voulait la paix ; mais la France
lui *a glissé des mains.* »

* *
*

Malgré la pression de l'opinion publique, le gouvernement impérial ne voulut pas fermer brusque-
ment la porte à toute conciliation. Il réitéra au roi
Guillaume ses propositions pacifiques, et, pour qu'elles
eussent plus de chances d'être acceptées, il les fit ap-
puyer par les puissances européennes, en tête des-
quelles étaient l'Angleterre et la Russie.

Le roi de Prusse, on le sait, répondit par un refus
formel. Il consentait à approuver la renonciation du
prince ; mais, comme l'a dit aux Chambres M. de
Gramont, « il refusait de déclarer qu'il n'autoriserait
plus à l'avenir le renouvellement de cette candidature ; il voulait se réserver toute liberté d'action.

» Nous ne rompîmes cependant la négociation qu'au moment où nous avons appris que le roi avait notifié, par un aide de camp, à notre ambassadeur, qu'il ne le recevrait plus et que, pour donner à ce refus un caractère plus significatif, son gouvernement l'avait communiqué officiellement aux cabinets de l'Europe.

» Nous apprenions, en même temps, que le baron de Werther avait reçu l'ordre de prendre un congé, et que des armements s'opéraient en Prusse. »

« La vérité est, dit la *Revue des Deux-Mondes,* que le roi Guillaume n'accordait rien et ne voulait rien accorder. Et ce n'est pas seulement à la France qu'il refusait toute concession, il résistait aux suggestions de l'Angleterre aussi bien qu'à celles de la Russie...

» Ce qui est certain, c'est que la France n'a fait que se défendre et relever un défi. »

A partir de ce moment la lutte était inévitable. Le Gouvernement en délibéra longtemps ; mais, malgré sa répugnance pour la guerre, il dut s'y résoudre, à la condition, toutefois, que les Chambres l'approuveraient et lui donneraient les moyens de la soutenir.

*
* *

On a prétendu que les ministres n'avaient fait alors que céder à la volonté de l'Empereur, qui, malgré les apparences du régime parlementaire, était toujours resté le maître, surtout en ce qui concernait la politique étrangère.

Rien n'est plus faux.

L'Empereur prenait au sérieux le nouveau rôle que

la Constitution lui assignait. Ce n'était plus lui qui décidait la question en dernier ressort, c'était la majorité de son ministère, lequel, de son côté, se conformait à l'opinion de la majorité des Chambres, ainsi que l'exige le véritable esprit du gouvernement parlementaire.

*
* *

Que cette forme de Gouvernement soit, pour la France, la meilleure ou la pire de toutes, là n'est pas la question; car l'expérience l'a depuis longtemps résolue.

Qui ne sait que ce *gouvernement de la blague,* comme l'appelait Proudhon, nous avait déjà jetés dans deux révolutions, et que son rétablissement, à la date néfaste du 2 janvier 1870, a été la première cause de la chute de l'Empire, de la ruine et de la honte de la France?

Ce qui importe, c'est de constater que l'Empereur ayant, pour son malheur et pour le nôtre, accepté cette forme de gouvernement anti-national, il en a scrupuleusement observé toutes les conditions. A partir du 2 janvier, son sceptre n'a plus été qu'un roseau fragile, et le souverain de la France est devenu un soliveau.

*
* *

Cela est si vrai que l'Empereur s'interdisait jusqu'aux relations personnelles avec ceux de ses ambassadeurs qui avaient le plus vécu dans son intimité. Pour s'en convaincre, on n'a qu'à lire la lettre que le secrétaire du général Fleury, notre représentant près du czar, écrivait de Saint-Pétersbourg, en février 1870, à un de ses amis, attaché au cabinet de l'Empereur.

« Je puis vous dire que nous sommes un peu attristés de voir qu'on ne nous donne aucun signe de vie. Vous me dites vous-même que vous souffrez de cette *annihilation* de Celui qui a conduit nos destinées pendant vingt ans. Je comprends qu'il s'applique à ne pas blesser les susceptibilités de ses ministres en *correspondant lui-même avec un ambassadeur;* mais, s'il ne veut pas parler politique extérieure, ne saurait-il donner quelquefois un simple souvenir d'amitié?... »

Cette lettre intime, publiée par la commission des *papiers* trouvés aux Tuileries, n'est-elle pas une preuve incontestable que le gouvernement du 4 septembre mentait sciemment en affirmant que l'Empereur n'avait pas cessé de diriger notre politique extérieure?

* *
*

Le 14 juillet, le ministère se présente devant les Chambres, leur expose la situation, conclut à la guerre, et dépose une demande de crédits extraordinaires.

L'émotion du Corps législatif n'est pas moindre que celle du Sénat. L'Assemblée se lève, aux cris de : *Vive l'Empereur!* et décide que la délibération commencera immédiatement.

M. Thiers qui, depuis plusieurs années, ne cessait de prêcher la nécessité de s'opposer aux envahissements de la Prusse, n'ose pas se prononcer contre la guerre; seulement, au lieu de la faire pour *venger l'injure* que *la France* venait de recevoir, l'incorrigible

2.

opposant voudrait que nous la fissions pour *défendre l'Allemagne du Sud* contre l'ambition prussienne.

A ses yeux, le *droit* n'était pas encore pour nous. « Quel jour, disait-il, aurons-nous le droit de notre côté? Le jour où M. de Bismark franchira le Mein. C'est ce jour-là qu'il faut savoir attendre. »

*
* *

Un pareil langage ne pouvait qu'indigner la Chambre et révolter le sentiment public.

Tout le monde y lut clairement la pensée intime de l'opposition qui ne repoussait la guerre que parce qu'elle craignait que le succès, dont personne ne doutait alors, ne consolidât une dynastie qu'elle voulait renverser.

La *Gazette d'Italie*, qui était fort au courant des vues secrètes de nos opposants, disait, après nos premiers revers :

« Jusqu'à la catastrophe de Sedan, les républicains de Paris attendaient avec anxiété les nouvelles du théâtre de la guerre, *tremblant* d'apprendre quelque *grande victoire de l'Empereur*, alors que toutes leurs espérances reposaient sur *sa défaite*, comme ne l'a que trop prouvé l'événement. »

Dans le *Réveil* du 14 juillet, M. Delescluze n'a-t-il pas écrit? « Si les Prussiens sont battus, si le chassepot l'emporte, le gouvernement personnel redeviendra plus exigeant que jamais et la liberté sera refoulée dans les limbes. »

Ce grand citoyen ne craignait qu'une chose, c'est que les Français fussent vainqueurs! Périsse la France, pourvu que la République triomphe et que nous soyons les maîtres ! Telle est la devise de nos nouveaux jacobins.

Un publiciste allemand écrivait, ces jours derniers, dans le journal anglais, le *Standard :* « Les républicains français flairaient, dans les désastres de leur patrie, les seuls moyens qui leur restaient de satisfaire leurs vengeances et d'assouvir leur ambition. »

* *
*

Quoi qu'il en soit, le discours de M. Thiers fut combattu, même par ses amis politiques.

Un des plus ardents députés de la gauche, M. de Kératry, lui répondit en ces termes :

« Après la déclaration du cabinet à laquelle j'ai *applaudi tout le premier,* vous n'avez obtenu aucune espèce de satisfaction de la Prusse. M. Thiers dit qu'il faut attendre une occasion favorable. Eh bien ! je prétends, moi, qu'il n'y a pas seulement occasion favorable, qu'il y a *nécessité absolue* de faire la guerre. Si vous retardez, comme il le demande, vous laissez aux canons prussiens le temps de se charger. »

Ainsi parlait celui qui fut le premier préfet de police du gouvernement du 4 septembre.

L'opinion de M. Thiers n'est appuyée que par les déclamations sonores de M. Emmanuel Arago et par quelques mots de MM. J. Favre et Gambetta. Ceux-ci prétendent que l'injure de la Prusse à la France n'est pas *suffisamment prouvée;* qu'il faut que le ministère communique les dépêches soit à la Chambre, soit à une commission qui en rendra compte.

* *
*

Le ministère y consent. Une commission est nommée; elle se compose de membres pris dans toutes les nuances, même dans la gauche. Le marquis de Talhouët, l'un des représentants les plus sages, les plus pacifiques, est nommé rapporteur.

Après avoir affirmé à la Chambre que le Gouvernement a mis sous les yeux de la commission toutes les pièces qui pouvaient l'éclairer, M. de Talhouët conclut ainsi :

« Le sentiment profond, produit par l'examen de ces documents, est que la France ne *pouvait tolérer l'injure* faite à la nation, et que notre diplomatie a rempli son devoir.

» En conséquence, votre commission est *unanime* pour vous engager à voter les projets de loi que vous propose le Gouvernement. C'est avec l'accent de la confiance dans la justice de notre cause, et animés de l'ardent patriotisme que nous savons régner dans la Chambre, que nous vous adressons cette demande. »

M. de Kératry, qui faisait partie de la commission, appuie les paroles de M. de Talhouët, et M. Guyot-Montpayroux, également de la gauche, parle dans le même sens.

« Je pense, dit-il, que la Prusse a oublié ce qu'était la France d'Iéna, et qu'il faut le lui rappeler. En parlant ainsi, je réponds au sentiment de ceux qui m'ont envoyé dans cette enceinte : je traduis l'opinion de l'*immense majorité du pays.* »

Les propositions du Gouvernement sont votées à l'unanimité, moins DIX opposants.

Les autres députés de l'opposition se sont ou ralliés à la majorité de la Chambre, ou n'ont pas eu le courage de voter contre.

*
* *

Voici en quels termes les journaux les moins favorables au Gouvernement ont caractérisé la conduite des DIX opposants :

Le *Soir*. « Dix hommes qui prétendent personnifier la France libérale, dix députés choisis par des électeurs *français* pour défendre les intérêts de la *patrie,* n'ont pas craint, au lendemain d'une insulte flagrante, à la veille d'une action décisive pour l'honneur français, de refuser les subsides qui *doivent aider nos soldats à venger l'affront* que nous avons reçu ! Que leurs noms soient connus. » Et ce journal les livre à l'indignation publique.

L'*Opinion nationale*. « La gauche, hier, s'est *oubliée ;* elle a fait passer ses *rancunes* avant le sentiment national. Les paroles qu'a prononcées M. Arago pèseront sur lui et sur ceux qui les ont approuvées. Quant à M. Thiers, mieux eût valu pour sa mémoire que sa *carrière se fût terminée avant cette journée.* »

Ce n'est pas notre avis. Il fallait, pour compléter la carrière de M. Thiers, la signature *des préliminaires* de la paix que nous venons de subir et l'affreuse guerre civile qui en a été la suite. Ce double fleuron aurait manqué au couronnement de la vie du patriarche de l'opposition.

Il est vrai qu'en arrachant Paris aux fureurs de la Commune, M. Thiers a rendu à la société un service qui a effacé le souvenir de bien des fautes politiques, et lui a mérité la reconnaissance du pays.

*
* *

Après le vote du Corps législatif, le Sénat se prononce à son tour, mais avec la plus patriotique unanimité.

La guerre est déclarée.

L'enthousiasme des Chambres se communique au public. Les sénateurs, à leur sortie, reçoivent une véritable ovation. Paris semble ivre de joie. On n'entend partout que les cris : *A Berlin! à Berlin!*

Quant aux journaux, tous se mettent à la hauteur du sentiment national.

La *Liberté :* « Nous n'avons cessé, depuis quelques jours, de réclamer la guerre.

» En notre âme et conscience, nous déclarons qu'en agissant ainsi nous avons obéi au devoir que nous prescrivaient la *dignité* et l'*honneur* de la France. »

La *Presse :* « Les cris de guerre qui retentissaient hier sur nos boulevards vont maintenant remplir la France et soutenir notre armée dans la lutte héroïque à laquelle nous provoque l'insolence de la Prusse. Les résolutions de guerre *n'émanent pas du Gouverniment;* il était *irrésolu;* il *voulait* se laisser arrêter par des *concessions dérisoires;* ces résolutions sortent des *entrailles du pays.* »

L'*Opinion nationale :* « La France se bat pour une idée.

» Il s'agit de savoir qui l'emportera, dans le monde moderne, de l'idée prussienne ou de l'idée française.

» Et nous, républicains, démocrates, socialistes, préparons-nous à soutenir la patrie dans la lutte. Trève, pour le moment, à nos disputes intestines. »

Les grands corps de l'État portent à Saint-Cloud l'expression de la volonté nationale.

Dans son discours, le président du Sénat rappelle les griefs de la France contre la Prusse, dont les insolences ont rendu la guerre inévitable.

L'Empereur répond qu'il a été heureux d'apprendre avec quel vif enthousiasme le Sénat a accueilli la communication du Gouvernement, et il ajoute :

« Nous commençons une *lutte sérieuse ;* la France a besoin du *concours de tous ses enfants.* »

*
* *

Le président du Corps législatif, après avoir renouvelé à l'Empereur l'assurance du dévouement de l'Assemblée, continue en ces termes :

« S'il est vrai que le véritable auteur de la guerre ne soit pas *celui qui la déclare,* mais *celui qui la rend nécessaire,* il n'y aura qu'une voix dans le monde pour en faire retomber la responsabilité sur la Prusse, qui a cru pouvoir *conspirer contre notre sécurité et porter atteinte à notre honneur.* »

L'Empereur a répondu :

« Nous avons fait *tout ce qui dépendait de nous* pour éviter la guerre, et je puis dire que c'est la nation tout entière qui, dans son *irrésistible élan, a dicté notre résolution.* »

Toutes les paroles de l'Empereur démontrent que, s'il était résigné à la guerre, parce qu'il ne pouvait faire autrement, il ne s'en dissimulait point les difficultés.

Le même sentiment domine dans ses proclamations à l'armée et à la marine. Rappelons seulement la première :

« Soldats ! je vais me mettre à votre tête pour défendre l'*honneur* et le *salut* de la patrie.

» Vous allez combattre l'une *des meilleures armées de l'Europe...*

» La guerre qui commence sera *longue* et *pénible.*

» La France entière vous suit de ses vœux ardents, et l'univers a les yeux sur vous. De nos succès dépend le *sort de la liberté* et de *la civilisation.*

» Soldats, que chacun fasse *son devoir,* et le Dieu des armées sera avec nous. »

Le ton grave et mélancolique de ces proclamations frappait tous les hommes sérieux ; il n'a été que trop justifié par les événements. Les organes de l'opposition seuls ont voulu y voir une réserve affectée, qui cachait mal la confiance de l'Empereur dans le succès.

*
* *

Les proclamations des chefs de corps étaient loin de la modestie de celles du Souverain ; nous n'en citerons qu'une.

L'amiral Fourichon qui, depuis, fut membre du Gouvernement de la défense nationale, s'adressait en ces termes à l'escadre dont l'Empereur lui avait donné le commandement :

« Officiers et marins. Insatiable dans son ambition comme sans scrupule dans les moyens de succès, la Prusse avait osé concevoir et préparer dans l'ombre des projets dont l'accomplissement porterait une irréparable atteinte à l'*honneur,* aux *intérêts* et à la *grandeur* de notre pays. La France tout entière a ressenti l'injure.

» Heureux et glorieux jour que celui où nous tirerons le premier coup de canon contre l'ennemi, aux cris de : Vive la France ! vive l'Empereur ! »

C'est cependant l'auteur de ces chaleureuses paroles qui déclarait, quelques semaines après, avec ses collègues du gouvernement provisoire, que l'Empereur ne serait jamais assez maudit pour avoir voulu la guerre, c'est-à-dire venger l'*honneur*, les *intérêts* et la *grandeur* de notre pays !

*
* *

On a dit que la province était opposée à la guerre et l'on a cité, comme preuve, les réponses des préfets au Gouvernement qui les avait consultés.

Mais on n'a pas dit qu'alors les départements ne connaissaient pas plus que les préfets la réponse insolente du roi Guillaume à notre ambassadeur, ni son refus obstiné de nous accorder la moindre garantie pour l'avenir.

On n'a pas dit non plus que tous les préfets, sans exception, avaient déclaré que leurs départements ne voulaient la paix qu'à la condition qu'elle serait *compatible* avec *l'honneur* et *les intérêts* du pays ; que, par conséquent, la province était parfaitement d'accord avec le Gouvernement, avec les Chambres, avec la population parisienne.

*
* *

Au reste, le témoignage des journaux ne permet aucun doute sur les dispositions belliqueuses des départements.

« Les nouvelles de la province, dit le *Français*,

3

sont excellentes. La proclamation de la guerre, affichée dans toutes les communes, a provoqué partout les manifestations les plus vives et les plus patriotiques. »

Le *Figaro*. « Ce n'est pas seulement Paris qui acclame la guerre ; nos quatre-vingt-neuf départements sont aussi soulevés que la capitale contre la Prusse. Lisez les journaux de la province. Tous reconnaissent cet élan de la nation. »

Dans les villes les plus intéressées à la paix ; Lyon, Marseille, Bordeaux, Lille, Saint-Étienne, la population se montre animée des sentiments les plus patriotiques.

A Nantes, à Toulouse, le peuple a failli briser les presses et mettre le feu à l'imprimerie de deux journaux qui avaient osé blâmer, la déclaration de guerre.

Comment alors expliquer cette solennelle affirmation du citoyen J. Favre ?

« *Dès le premier jour, la France a blâmé la guerre, et, pour oser dire le contraire, il faut être d'une révoltante mauvaise foi !* »

A-t-on jamais poussé le mensonge à ce degré d'impudence ?

Mais il fallait tromper le pays ; il fallait aussi essayer de tromper, ce qui était plus difficile, M. de Bismark, pour en obtenir plus facilement la paix.

L'habile ministre, qui savait parfaitement à quoi s'en tenir, s'est moqué des grossières finesses de notre avocat comme de ses larmes, et l'a traité avec

ce ton dédaigneux que méritait une aussi *révoltante
mauvaise foi*.

* *
*

Ce que tout le monde sait aujourd'hui, ce que
M. Jules Favre devait savoir avant sa honteuse dé-
marche à Ferrières, ce que M. de Bismark savait
mieux que personne, c'est que la véritable cause de la
guerre était l'ambition de la Prusse.

Son gouvernement voulait cette guerre, parce
qu'elle lui était nécessaire pour absorber l'Allemagne.
Il s'y était préparé de longue main et n'attendait, pour
l'entreprendre, que l'occasion favorable.

A ceux qui pourraient encore en douter, nous de
manderons :

Pourquoi cet immense réseau d'espionnage qui entourait et couvrait la France ?

Pourquoi ces fréquentes excursions d'officiers prussiens qui parcouraient, chaque année, sous la direc-
tion de M. de Moltke, nos provinces de l'Est, du Nord
et du Centre, un crayon à la main, relevant la carte
du pays, et y notant tout ce qui pouvait servir à gui-
der une armée envahissante ?

Pourquoi ces publications destinées à instruire les
officiers allemands des *défenses naturelles et artificielles*
de la France, et à leur apprendre *l'art de battre* nos
armées ?

Pourquoi tout cela, si ce n'était en vue d'une guerre
contre la France ?

* *
*

Ce projet, d'ailleurs, la Prusse n'en faisait pas mys-

tère. Tous ses officiers le connaissaient ; tous se van-
taient de prochaines victoires sur les Français. Leurs
plus fameux généraux eux-mêmes n'y mettaient aucune réserve.

En 1868, un lord anglais ayant témoigné au général Blumental le désir d'assister à une revue des
troupes du roi à Berlin, le général lui répondit :
« Ne prenez pas la peine de venir si loin. Nous don-
nerons bientôt une revue de nos troupes au Champ-
de-Mars. »

A la même époque, le ministre de la maison du roi
Guillaume disait à Mme de Pourtalès : « Avant dix-
huit mois, votre Alsace sera à la Prusse ! »

M. de Moltke n'était pas moins affirmatif : « Quand
nous pourrons disposer de l'Alsace, disait-il à un
Badois, et cela ne saurait tarder, en la réunissant au
Grand-Duché nous formerons une superbe province. »

Ces faits sont constatés par les lettres du général
Ducrot qui commandait alors la division de Strasbourg, et faisait tous ses efforts pour mettre la France
en garde contre les projets ambitieux de la Prusse.

« Pendant, disait-il, que nous délibérons pompeu-
sement et longuement sur ce qu'il conviendrait de
faire pour avoir une armée, la Prusse se prépare tout
simplement, mais très-activement, à envahir notre
territoire. »

Tout le monde a lu les rapports si instructifs du
colonel Stoffel, attaché militaire à notre ambassade à
Berlin, dans lesquels, après avoir exposé avec les plus
petits détails l'organisation militaire de la Prusse et
signalé la formidable puissance de son armée, il don-
nait à entendre que toutes ces forces devaient êtres

dans un temps plus ou moins rapproché, dirigées contre la France.

* *

La Prusse ne se bornait donc pas à vouloir nous faire la guerre ; elle s'y était préparée à l'avance et n'attendait, pour la commencer, qu'un prétexte qui mît l'apparence de la rupture de notre côté.

Seulement, comme nous ne voulions pas la guerre et que, par conséquent, nous ne lui fournissions point le prétexte attendu, M. de Bismark se vit forcé d'en imaginer un dont l'effet était infaillible ; c'était de souffleter la France avec la candidature d'un prince prussien au trône d'Espagne.

M. de Bismarck ne doutait pas qu'une pareille injure ne serait supportée ni par l'Empereur, ni par la nation, et que, plutôt que de la subir, nous affronterions la guerre, même dans les conditions les plus défavorables.

Il ne s'était pas trompé.

Mais la preuve la plus décisive que cette candidature n'était qu'un prétexte, c'est qu'après nos défaites, quand il nous était impossible d'empêcher que le prince Léopold ceignît la couronne de Philippe V, le comte de Bismarck ne s'occupa pas plus de son candidat que s'il n'en eût jamais été question.

* *

D'ailleurs, en dehors de ces témoignages irrécusables, il suffisait de connaître les projets de la Prusse sur l'Allemagne pour être convaincu qu'une guerre contre la France était dans les nécessités de sa politique.

Ces projets sont aujourd'hui patents.

Depuis longtemps la Prusse travaillait à ranger sous son joug toutes les populations d'origine germanique.

Pour cela il lui fallait, d'abord, réduire l'Autriche à l'impuissance; c'est ce qu'elle a fait à Sadowa.

Puis, comme elle aspirait à devenir une grande puissance maritime, non-seulement dans la mer du Nord et dans la Baltique, mais aussi dans la Méditerranée, elle avait besoin, d'un côté, des duchés de l'Elbe, qu'elle a pris au Danemarck; d'un autre, de ports dans les Pays-Bas qu'elle saura bien se procurer, en s'emparant de la Hollande qu'elle couve déjà des yeux, et même du fameux port d'Anvers, si elle le juge nécessaire.

Il lui faut ensuite, sur l'Adriatique, Trieste, qui appartient au Tyrol allemand et qu'elle compte bientôt revendiquer avec toute la partie de l'ancien territoire germanique qui reste encore à l'empire d'Autriche.

*
* *

Qui pouvait s'opposer à toutes ces convoitises?

L'Autriche était trop faible, l'Angleterre trop égoïste, et la Russie est devenue la complice de la Prusse.

La seule puissance qu'elle eût à craindre, c'était la France : voilà pourquoi elle a voulu l'accabler à tout prix,

*\
* *

Il en aurait été tout autrement, si l'opposition
n'avait pas empêché l'Empereur de mettre notre
armée sur un pied respectable. La Prusse alors n'aurait jamais osé affronter notre colère ; elle se serait
même empressée de compter avec nous.

Obligée de borner son ambition à la possession de
l'Allemagne au delà du Rhin, elle eût été heureuse,
pour acheter notre neutralité, de nous abandonner
toute la rive gauche du fleuve.

Mais nous voyant faibles, divisés, incapables de résister à la masse des forces dont elle disposait, au lieu
de nous faire une part du gâteau dans le remanie-
ment de l'Europe centrale, elle comprit qu'elle pouvait tout garder pour elle.

Au lieu de nous céder Mayence, Coblentz, Cologne,
les provinces Rhénanes et le Luxembourg, elle nous
a pris Strasbourg, Metz, Thionville, avec toute l'Alsace et le quart de la Lorraine; sans compter les milliards que nous lui devons comme indemnité de
guerre, ni tout ce que nous coûte l'entretien de ses
troupes, ni tout ce qu'elles nous ont détruit et volé;
sans compter, ce qui est pire encore, la perte de notre
influence et de notre honneur !

Voilà ce que nous a valu la politique de l'opposition et l'imprévoyance de nos députés.

Mais pourquoi avoir déclaré cette guerre quand nous
n'étions pas prêts ? et pourquoi ne l'étions-nous
pas ?

La France ne pouvait rester un seul jour sous le coup d'une injure sans se déshonorer. Il y a des outrages qui appellent une vengeance immédiate.

Si nous n'étions pas prêts à nous battre, les faits suivants vont démontrer, avec la dernière évidence, à qui la France doit en attribuer la faute.

CHAPITRE IV.

Est-ce la faute de l'Empereur si nous n'étions as prêts à la guerre?

On a reproché au gouvernement impérial d'avoir ignoré la supériorité des forces de la Prusse et de ne pas en avoir instruit le pays.

La preuve que le Gouvernement n'ignorait point l'état des forces prussiennes et ne le cachait pas, ce sont, d'abord :

Les rapports trouvés dans les papiers de l'Empereur et qui font connaître, dans les plus grands détails, l'organisation de l'armée prussienne. Il en avait même fait de sa main un relevé qu'il a mis sous les yeux de ses ministres pour le communiquer aux Chambres.

Ce sont, ensuite, les nombreuses publications destinées aux officiers de notre armée pour les éclairer sur la composition des armées étrangères.

Ce sont, enfin, les documents que le ministère fournissait tous les ans à nos Assemblées, lors de la discussion du budget.

*
* *

Quelques jours avant la proclamation de la guerre, le Gouvernement fit reproduire, dans ses journaux, l'état exact des forces de l'Allemagne sous les ordres du roi Guillaume. Elles s'élevaient à plus d'*un million* d'hommes, avec 180 *mille chevaux* et une artillerie en proportion.

Quant à l'état de nos troupes, chaque année l'*exposé de la situation* de l'Empire et le budget de la guerre en donnaient le chiffre.

Au commencement de 1870, ce chiffre était de 435 mille hommes pour l'armée active, y compris l'Algérie, et de 75 mille chevaux.

Mais il fallait en déduire près de 100 *mille hommes* en congé, ce qui réduisait le nombre des soldats présents sous les drapeaux à moins de 340 mille.

En ajoutant à cet effectif les hommes de la réserve, qui formaient un total de 220 mille, nous avions une force d'environ 600 mille hommes, mais dont plus de la moitié ne pouvaient rejoindre leurs corps avant six semaines ou deux mois.

Notre artillerie s'élevait à peine à 800 pièces de campagne. C'était moins du tiers de l'artillerie prussienne.

Nos fusils du nouveau modèle ou transformés ne dépassaient pas treize cent mille; ce qui était tout au plus suffisant pour armer la ligne, à raison de deux fusils de rechange par soldat.

Quant à la garde mobile, dont l'Empereur s'était occupé avec tant de sollicitude, elle n'était, grâce aux efforts de l'opposition et à la lésinerie du Corps législatif, organisée que sur le papier et n'avait été exercée nulle part.

*
* *

Si nos forces se trouvaient dans une telle infériorité, ce n'était pas la faute de l'Empereur.

Dès le lendemain de Sadowa, comprenant la nécessité d'augmenter notre effectif militaire, il avait réuni une commission, composée des plus habiles hommes du métier, pour arrêter avec lui le projet d'une nouvelle organisation de notre armée.

Ce projet devait mettre, avec le moins de dépense possible, à la disposition de la France une force de 1,200 mille hommes, dont les deux tiers, c'est-à-dire 800 mille, formeraient l'armée active et la réserve, et l'autre tiers, 400 mille hommes, serait composé de gardes mobiles.

Dans la pensée de l'Empereur, le nouveau système consacrait enfin ce grand principe d'égalité qu'on a tant prôné depuis, et dont personne ne voulait alors : « Que tous les citoyens sont tenus de servir le pays en temps de guerre, et que ce n'est plus à une partie du peuple seulement qu'appartient le devoir sacré de défendre la patrie. »

La durée du service effectif étant abrégée et la plus grande partie des hommes de la réserve et de la mobile ne devant consacrer, chaque année, que quelques mois ou quelques semaines aux exercices militaires, la nouvelle organisation aggravait peu les charges du pays.

*
* *

Ce projet si sage, qui était le salut de la France et

le gage certain de sa victoire, fut violemment combattu par les députés et les journaux de la gauche, du centre gauche et du tiers-parti, qui le rendirent odieux avant même qu'il fût connu des populations.

Présenté en décembre 1866, il souleva dans la Chambre une telle répulsion que le Gouvernement fut obligé de le retirer. C'est un député de l'opposition qui nous l'apprend.

» Vous savez, dit M. Magnin, quelle explosion de cris s'éleva dans toute la France à l'annonce de ce projet de loi. Le Conseil d'Etat le modifia en réduisant la durée du service pour chacune des clasees de soldats qui devaient le composer; mais le second projet ne fut pas plus heureux que le premier. »

Ces pauvres députés, en présence des menaces de l'opposition et par crainte de s'aliéner leurs électeurs, avaient perdu tout sentiment des dangers qu'ils faisaient ainsi courir au pays. Le Gouvernement avait beau leur montrer l'abîme où ils conduisaient la France, et leur crier : Gare ! ils se bouchaient les yeux pour ne pas voir et les oreilles pour ne point entendre.

Devant cette résistance absurde, mais invincible, l'Empereur se vit forcé de proposer une nouvelle combinaison.

Elle ne répondait que très-imparfaitement aux nécessités d'une situation périlleuse ; cependant elle augmentait nos forces de deux à trois cent mille hommes, par l'adjonction d'un certain nombre de gardes mobiles qu'on espérait organiser et exercer à peu de frais sans les détourner de leurs travaux ordinaires.

Eh bien ! ce nouveau projet, quelque bénin qu'il fût, ne satisfit pas encore les exigences de l'opposition.

Écoutons M. Jules Simon :

« Le but principal du projet présenté l'année dernière était de demander une force armée de douze cent mille hommes. J'insiste sur l'énormité du chiffre de *douze cent mille hommes !* Après des transformations considérables, *dues au zèle de la Commission,* on en est venu au projet actuel ; mais on le voit bien : vous voulez toujours une armée de huit cent mille hommes, et pour y arriver vous créez la garde mobile.

» La loi qui fait cela n'est pas seulement une *dure* loi, c'est une loi *impitoyable !* »

Selon M. Magnin, les armées permanentes sont *jugées* et *condamnées !* L'avenir appartient à la *démocratie armée.*

Cet ex-ministre, qui laissa si sottement gaspiller, pendant le siége, les approvisionnements que l'Empereur avait fait entasser dans Paris, ne se doutait pas qu'il prédisait ainsi l'avénement de l'armée de la Commune.

M. Picard et les autres membres de l'opposition présentent un amendement pour *supprimer entièrement l'armée* et la remplacer par *la garde nationale.*

Aujourd'hui le gouvernement dont faisait partie M. Picard va proposer, comme première mesure de salut public, le désarmement de cette même garde nationale sur laquelle il fondait alors de si belles espérances.

*
⋆ ⋆

L'opposition ne se dissimule point qu'une pareille armée n'aura pas l'esprit militaire ; mais cet esprit-là, la gauche n'en veut pas, « pas plus que de cette *disci-cipline* qui *tue* le *citoyen* dans le *soldat*. »

M. Pelletan prétend que l'esprit militaire est l'*esprit prétorien ;* et, quand il a lâché cette sentence digne de La Palice, il croit avoir tout dit.

Les députés de la gauche s'accordent pour déclarer que, « s'il n'y a pas d'armée sans esprit militaire et sans discipline, ils veulent une armée *qui n'en soit pas une.* »

Pendant le siége, le général Trochu les a servis à souhait.

M. J. Favre ne pouvait se taire dans cette circonstance. « Pourquoi, dit-il, tous ces préparatifs ?... Soyez-en sûrs, nos véritables alliés ce sont les *idées ;* c'est la *justice,* c'est la *sagesse.* »

M. de Bismark le lui a bien fait voir !

*
⋆ ⋆

Garnier-Pagès ne connaît qu'une bonne organisation ; c'est la *levée en masse.* » Lorsque, dit-il, nous avons fait la levée en masse, nous avons vaincu la Prusse et nous sommes allés à Berlin. »

Un membre lui-crie que c'était en 1806 et 1807, et que la Grande Armée qui a triomphé à Iéna, à Eylau, à Friedland, ne ressemblait guère à une levée en masse. Le pauvre homme, qui est aussi fort en histoire qu'en stratégie, s'obstine à croire, avec son ami

J. Favre, que « les meilleures armes pour vaincre, ce
sont les *idées.* »

M. Em. Ollivier, qui parlait alors comme l'opposition, et qui a dû depuis s'en mordre rudement la lan-
gue, répétait les mêmes sottises :

« Où est, disait-il, la nécessité de ces armements?
où est le péril? Qui nous menace ; qui nous inquiète?
Est-ce le chiffre de l'armée prussienne? Mais cette
armée est *essentiellement défensive !*... Il n'y a que deux
moyens d'assurer la paix : repousser la loi et *établir
un gouvernement libéral.* »

En d'autres termes : *prenez mon ours.*

L'Empereur a eu la faiblesse de le prendre, et Dieu
sait dans quelle fosse cet ours-là nous a conduits.

*\
* *

Le tiers-parti devait naturellement figurer dans
cette triste campagne contre la puissance et la gloire
du pays.

M. de Janzé demande le *désarmement.*

M. Buffet, qui, cependant, avait été ministre, trouve
le chiffre de huit cent mille hommes *exagéré.*

Telle était aussi l'opinion de ces girouettes politiques, de ces petites têtes sans cervelle dont l'ambition
n'est égalée que par l'incapacité, et qui s'appellent...
Mais pourquoi les nommer? Tout le monde les connaît.

*\
* *

M. Thiers avait trop d'esprit pour croire aux levées en masse ; mais il ne voulait pas plus de la garde
mobile que de la garde nationale, et prétendait que

notre *admirable armée*, c'est son expression, suffisait
largement à vaincre l'armée prussienne.

Il croit que le Gouvernement exagère, à plaisir, les
forces de l'ennemi.

« La Prusse dispose, selon M. le ministre d'État,
de 1,300 mille hommes ! Mais, où a-t-on vu ces armées formidables ?

» Combien la Prusse a-t-elle porté de soldats en
Bohême, en 1866 ? Trois cent mille environ.

» C'est qu'il ne faut pas se fier à cette *fantasmagorie*
de chiffres : ce sont là *des fables...*

» Croyez-moi ; *ne faites pas la garde mobile.* »

* *
* *

M. J. Simon, qui semblait craindre que le pays ou-
bliât les services que l'opposition lui rendait en s'obs-
tinant à le laisser désarmé, termine la discussion par
cette déclaration qu'enregistrera l'histoire :

« J'espère qu'on nous rendra *cette justice* que, *toutes
les fois qu'il a été question d'organiser ce qu'on appelle la
paix armée, on nous a trouvés en travers* de toutes les
mesures proposées pour arriver à un but contraire à
tous nos désirs, à toutes nos aspirations, à tous nos
principes. »

Soyez tranquille, Monsieur Simon, toute *justice vous
sera rendue ;* et le jour n'est pas loin où vous répon-
drez à la France de tout le mal que vous et les vôtres lui avez fait !

* *
* *

En vain quelques courageux députés, en vain les
ministres d'État et de la guerre insistent en faveur du

projet du Gouvernement; la Chambre reste aveugle et sourde.

« Il est nécessaire, dit M. de la Tour, d'augmenter nos forces et d'avoir constamment les yeux sur la Prusse. Elle dispose de *onze cent mille* hommes. Il faut donc voter la loi, affronter, pour faire notre devoir de Français, les *rumeurs* du corps électoral dont nous menacent les journaux de l'opposition. »

M. Rouher, répondant à M. Thiers qui avait traité de *fantastiques* les chiffres du Gouvernement, affirme que ces chiffres sont parfaitement exacts : « La Prusse, en certains cas, peut disposer de *treize cent mille* hommes. Sans doute la France, avec 800,000 bons soldats, peut résister à cette puissance militaire ; mais on ne doit pas perdre de vue qu'il y a une grande distance entre l'effectif nominal et l'effectif disponible. »

*
* *

Personne n'a oublié les efforts impuissants du maréchal Niel pour obtenir de la Chambre les moyens d'organiser et d'exercer la garde mobile, tout en donnant à notre armée plus de consistance.

« La levée d'hommes sans éducation militaire, c'est, disait-il, un monstrueux préjugé. Les faits, les rapports des généraux qui commandaient en 92 et 93, établissent que si, à cette époque, la France a été sauvée, elle le fut *malgré les levées en masse*, qui ne servirent qu'à jeter l'indiscipline dans l'armée régulière et l'effroi dans la population.

» Appeler de gros contingents en cas de guerre est une autre illusion. Avec la rapidité qu'ont acquise les opérations militaires, la guerre serait finie avant que les gros contingents fussent prêts à entrer en campagne. »

Le maréchal Niel insistait pour que la garde mobile pût être exercée au tir du fusil et du canon, ainsi qu'aux différentes manœuvres.

Dans ce but, il avait demandé le droit de la réunir, de temps à autre, d'abord au chef-lieu de canton, puis au chef-lieu d'arrondissement ou de département.

Mais il ne put, malgré ses efforts, convaincre la commission. Elle craignait d'imposer *un fardeau trop lourd* aux populations. Elle a mieux aimé leur imposer le fardeau de l'invasion prussienne !

Ainsi mutilée, la loi sur la garde mobile eut encore de la peine à passer. Soixante voix, composées de celles de la gauche et du tiers-parti, ont voté contre.

Aujourd'hui que ces hommes savent où nous a conduits leur résistance aux projets du gouvernement impérial, vous croyez qu'ils se repentent? Loin de là : c'est ce même gouvernement qu'ils accusent de nos défaites !

Ceci se passait en 1866, quelques mois après Sadowa.

* * *

En 1867, les mêmes discussions se renouvellent et dans le même esprit.

Dès l'ouverture de la session, la gauche interpelle le Gouvernement sur les affaires d'Allemagne.

L'Empereur ayant dit, dans son discours, que : « L'influence d'une nation dépend du *nombre d'hommes* qu'elle peut mettre sous les armes, » M. Garnier-Pagès répond :

« Il faut *protester énergiquement* contre ces paroles du message impérial. L'influence d'une nation dépend de ses *principes!* Les armées, les rivières, les montagnes, les forteresses *ont fait leur temps.* La vraie frontière, c'est le *patriotisme.*

Que les *armées et les forteresses* aient fait leur temps, passe encore ; mais les *rivières,* mais les *montagnes!* Il est presque aussi difficile de les supprimer que de faire entrer le bon sens dans les têtes de l'opposition.

L'éloquent J. Favre arrive à la rescousse. « Quoi! s'écrie-t-il, c'est après quinze ans de règne, quand la dette publique s'est accrue dans de telles proportions ; » il nous dira plus tard dans quelles proportions notre dette s'est accrue sous son gouvernement! « c'est alors qu'on vient décréter que la France entière, au lieu d'être un atelier, ne sera plus qu'une vaste caserne !... Qu'on ne fasse pas cette nouvelle folie. »

**

En 1868, à l'occasion de la loi du recrutement, l'opposition recommence ses attaques. C'est M. E. Picard qui s'en charge.

« On nous dit qu'il nous faut 800 mille hommes ! Depuis quand parle-t-on, en France, ce langage ? Depuis quand vient-on dire publiquement qu'il nous faut prendre de telles précautions non-seulement pour défendre nos frontières, mais encore pour conserver notre indépendance! Rien ne justifie ces armements *exagérés* qui écrasent le pays. »

Le maréchal Niel, qui réclame toujours l'organisation de la garde mobile, a beau jeter à la Chambre ces paroles prophétiques : « J'ai la conviction qu'avant peu vous aurez le plus grand regret d'avoir attaqué cette institution ! » Personne ne l'écoute, pas même la majorité.

*
* *

L'année suivante, le Gouvernement, de plus en plus convaincu de la nécessité de mettre notre armée sur un pied respectable, avait obtenu un emprunt de 400 millions, sur lesquels il demandait :

144 millions pour fabriquer de nouveaux fusils et transformer les anciens. La Chambre ne lui en accorda que 91.

16 millions pour augmenter et perfectionner notre artillerie. La Chambre lui alloua deux millions et demi.

110 millions pour compléter nos fortifications. La Chambre réduisit ce chiffre à 36 millions.

Vous croyez peut-être que ces réductions énormes ont satisfait les députés de l'opposition ? Erreur. Ecoutez Garnier-Pagès.

« Mais avec quoi couvrirez-vous tout cela, et à quoi cela vous servira-t-il ? Qu'est-ce que la *force matérielle* ? La guerre ! c'est le *chancre* qui nous *dévore*. »

Il ne se doutait pas, ce futur membre du gouvernement du 4 septembre, que la France serait heureuse aujourd'hui d'avoir dépensé vingt fois le montant de ces sommes si, à ce prix, elle eût pu éviter de tomber dans les mains d'un gouvernement pareil. Elle y aurait gagné *dix milliards* et deux provinces, sans compter la victoire et l'honneur, qui ont bien aussi leur prix !

*
* *

Le naïf Ollivier, qui faisait encore partie de cette phalange à laquelle la France doit tous ses malheurs, trouve que le Gouvernement a tort de se presser de fabriquer de nouvelles armes. « Le moyen le plus sûr de nous *défendre,* dit-il, est de *désarmer.* Si la France donne l'exemple, toutes les nations, la *Prusse en particulier,* l'imiteront. »

Quelle candeur ! et comme M. de Bismark a dû battre des mains à l'avénement d'un aussi habile homme au ministère !

J. Favre prend la parole à son tour : « On nous dit qu'il faut que la France soit armée comme ses voisins ; que sa sécurité est attachée à ce qu'elle soit *embastionnée, cuirassée ;* qu'elle ait dans ses magasins des monceaux de poudre et de mitraille ; que, sans cela, elle est exposée à périr. Ma *conscience* proteste contre de semblables propositions.

» Tout cela, c'est de l'ancienne politique ; c'est de la politique de haine ; ce n'est pas de la politique d'expansion, d'*abandon.* »

En effet, la politique de l'opposition n'était pas celle de l'Empereur qui, sans haïr les autres nations, voulait, comme Henri IV, Richelieu et Louis XIV, la France glorieuse et puissante.

La politique d'*abandon,* celle qui a livré la France à l'ennemi, n'a commencé que sous le gouvernement de la prétendue défense nationale.

*
* *

Non contente des réductions opérées, la commission de la Chambre veut en obtenir une autre. Elle invite le ministre de la guerre à envoyer en congé *sept à huit mille hommes* de plus, pour économiser trois ou quatre millions.

Le maréchal a beau déclarer que c'est impossible sans désorganiser l'armée, la commission insiste et l'Assemblée vote la réduction.

Cela ne lui suffit pas encore. Elle veut que le ministre enlève à l'artillerie 3 *mille* chevaux de plus pour les placer chez les cultivateurs.

« Mais vous me rendez la tâche impossible; leur crie le pauvre maréchal. Quand j'ai accepté la mission que l'Empereur m'a confiée de réorganiser l'armée, mission dont je crois le succès assuré, comment pouvez-vous me refuser les choses que je regarde comme *nécessaires* ?

« Vous me forcez à donner des chiffres. Mais vous ne comprenez donc pas le *danger de révéler* ainsi notre situation à l'Europe, à ces *voisins jaloux* qui nous regardent et nous écoutent ! »

Et le maréchal est obligé de dire à ces insensés que notre armée n'a pas plus de 240 mille hommes à mettre immédiatement en ligne; qu'il lui faut *trois* pièces d'artillerie par mille homme et qu'elle n'en n'a que *deux*, tandis que les Prussiens en ont *quatre !*

« Je vous en supplie, Messieurs, laissez-moi mes chevaux d'attelage, et ne me forcez pas à avouer en public notre insuffisance. »

Supplications vaines! on le force à parler et on lui
refuse tout.

*
* *

Pour achever de l'accabler et de mettre la France
dans l'impossibilité de résister à l'ennemi, M. Busson-
Billault, que son illustre beau-père eût vertement
tancé s'il l'avait entendu, insiste au nom de la commission pour une réduction de *cent mille* francs, qu'on
obtiendra en supprimant *quatre* escadrons de grosse
cavalerie, de ces héroïques cuirassiers qui se sont im-
mortalisés à Reischoffen!

Sur tous les bancs de la Chambre, nos malheureux
députés semblent frappés de vertige.

Le grand Jules Favre et l'illustre Pelletan se signa-
lent à la fin de cette déplorable séance. L'un veut que
le pays compte sur le *patriotisme* de sa population qui
est sou *son meilleur rempart;* l'autre demande pourquoi
on arme les *pompiers?* Il craint que le Gouvernement
ne se crée ainsi une nouvelle force contre ces émeutiers sur lesquels l'opposition fondait, avec raison, son
plus ferme espoir!

*
* *

Le maréchal Niel meurt à la peine.

La guerre approchait.

En 1870, le maréchal Lebœuf est ministre de la
guerre.

Le Gouvernement renonce à organiser sérieusement
la garde mobile. Il aurait fallu pour cela de 30 à 40
millions; la Chambre n'ayant voulu en accorder que

deux, il se contentera d'inscrire chaque année les noms des jeunes gens qui doivent faire partie de cette garde ; mais ils ne seront ni habillés ni exercés.

Quant à l'armée de ligne, voici quelles étaient, lors de la discussion du budget, quelques jours avant l'ouverture de la campagne, les vues prévoyantes de l'opposition.

M. de Kératry. « Le ministre demande encore cette année 400 mille hommes qui coûteront 370 millions. C'est trop. Pourquoi une si grosse armée et une si forte dépense? Évidemment en vue de la Confédération du Nord. Or, l'armée de la Confédération, y compris celle de la Prusse, se compose seulement de 299 *mille hommes,* coûtant à peine 254 *millions,* soit 100 mille hommes et 116 millions de moins que chez nous.

» On a réduit le recrutement de notre armée à 90 mille hommes, au lieu de 100 mille ; ce n'est pas assez. Il faut le réduire à 80 mille, pour revenir au contingent normal qui existait autrefois. »

*
* *

Le rapporteur, M. le comte de La Tour, veut maintenir la garde mobile qu'il considère comme nécessaire pour défendre nos places fortes et laisser notre armée complètement disponible. Il affirme avec raison que M. de Kératry s'est trompé dans son évaluation des forces de la Prusse ; elles sont *quatre fois* plus nombreuses.

Le maréchal Lebœuf consent à conserver la garde mobile, bien que dans l'état où la Chambre l'a ré-

duite, elle ne réponde plus aux légitimes espérances
que l'Empereur avaient fondées sur elle.

« Lorsqu'il s'est agi de créer la garde mobile, dit
le ministre, deux projets étaient en présence. Dans le
premier, cette garde devait être réunie et exercée
tous les ans, pendant quinze ou vingt jours, soit dans
une place, soit dans un camp, où les jeunes gens eussent été soumis à la discipline militaire et auraient
reçu une instruction sérieuse.

» La garde mobile aurait été ainsi une espèce de
landwehr.

» Ce projet n'a pas prévalu. La Chambre a préféré
le second système, qui n'autorise que quelques réunions
par an et à condition que les jeunes gens ne découche-
ront pas. Dans ce dernier système, il n'y a point
d'instruction sérieuse possible. »

*
* *

M. Jules Favre ne veut pas qu'une nation s'orga-
nise en pleine paix, pour une grande guerre ; c'est là,
dit-il, une *coupable folie ;* une mesure funeste aux
finances du pays, à sa *grandeur,* à sa *moralité,* à sa
prospérité !

« Que craint-on d'ailleurs ? Est-ce que les 40 millions d'Allemands songent à nous attaquer ? Pourquoi
promener constamment devant la Chambre, le vain
fantôme d'une chimère qui n'aboutit à rien et ruine
le pays ? »

Quand M. J. Favre a signé la honteuse capitulation
de Paris, croyait-il encore que cette armée prussienne
n'était qu'une chimère ?

Son digne collègue, Glais-Bizoin, n'est pas satisfait

des réductions proposées par la gauche ; elles ne répondent pas suffisamment aux besoins de l'agriculture et de l'industrie. Il ne voudrait *plus de soldats.*

On sait ce qui résulta de ces réductions insensées.

Pour avoir voulu économiser quelques millions, la Chambre a fait perdre à la France plus de 20 milliards, sans compter les flots de sang versé, deux provinces sacrifiées avec notre influence et notre honneur.

*
* *

Il est curieux, disait l'*Univers,* quelques jours après la capitulation de Paris, de voir le *Siècle* attribuer uniquement à l'administration impériale notre infériorité militaire ! Mais qui donc a fait réduire, d'année en année, nos contingents, y cherchant un moyen populaire d'opposition à l'Empire? Qui a entravé l'œuvre de réorganisation de notre armée? N'est-ce pas le *Siècle* et son parti ; ne sont-ce pas ses amis, ses clients, ses patrons? »

*
* *

L'opposition ne s'est pas contentée de réduire nos forces et d'empêcher l'organisation de la garde mobile, elle n'a cessé d'exciter l'opinion publique contre tout ce qui touchait au service militaire

« Comment voulez-vous, lui disait le maréchal Niel, que la loi s'exécute si vous la discréditez ; comment voulez-vous que le pays supporte les charges nouvelles, si vous lui persuadez, à l'avance, qu'elles sont excessives et inutiles ?...

La propagande pacifique destinée à nous endormir,

4

tandis que la Prusse se préparait à nous enlacer dans
ses filets, ne s'adressait pas seulement à la population ; elle s'insinuait aussi dans les rangs de l'armée
et y introduisait l'esprit d'indiscipline, la défiance et
la haine des chefs.

Les actes d'insubordination de quelques mauvais
sujets étaient encouragés, quand ils n'étaient pas ins-
pirés, par certains journaux qui les présentaient aux
soldats comme autant d'exemples à suivre.

On en a vu les fruits.

Cet esprit d'indiscipline que nos troupes ne connaissaient ni en Crimée, ni en Italie a été, en 1870, l'une
des principales cause de nos défaites ; et ce fut encore
l'œuvre de l'opposition. Aussi n'aura-t-elle jamais assez
de lauriers pour se tresser toutes les couronnes qu'elle
mérite.

* *
*

Sans doute, elle y trouvait son compte. Car, quel
était l'objet de ses vœux les plus ardents ? La victoire
de nos armes ? Nullement.

Ce qu'elle voulait avant tout, même au prix de la
gloire et de la fortune de la France, c'était la chute
de l'Empire, et elle ne s'en cachait pas.

En veut-on la preuve ? On n'a qu'à lire dans la
Revue des Deux Mondes du 1er janvier 1871, une lettre
d'un des vieux amis de M. Thiers, l'académicien
Vitet, qui s'exprime ainsi :

« Malgré les désastres sans nom que nous a valus
l'année 1870, puisqu'elle a *renversé l'Empire,* cette
année n'a pas été tout à fait stérile. Nos malédictions

doivent donc se mêler de quelque gratitude, et enfin, tout compte fait, nous la *bénirons*! »

Convenons qu'il est difficile de pousser plus loin le cynisme.

Plus tard, après la honteuse capitulation de Paris et la perte de l'Alsace et de la Lorraine, le journal de M. E. Picard n'a-t-il pas déclaré que la chute de l'Empire et la conquête de la liberté n'étaient pas achetées trop cher par la *perte de deux provinces*?

*
* *

Qu'a fait cependant le gouvernement, avec les faibles ressources qui lui étaient accordées?

Ne pouvant fabriquer autant d'armes qu'il aurait voulu, il les fit, du moins, les meilleures possible. Nos fusils étaient bien supérieurs à ceux de la Prusse. C'est en France qu'ont été créées les premières mitrailleuses, ces engins terribles qui sont appelés à jouer un si grand rôle dans les batailles. Notre artillerie, sous le rapport de la qualité, n'était inférieure à aucune autre.

Le général Changarnier, qui s'y connaît, écrivait en 1867 : « L'artillerie française est au moins l'égale des meilleures artilleries de l'Europe. »

Ainsi parlait et pensait, à la même époque, le prince de Joinville.

Or, à qui devons-nous presque tous les perfectionnements de nos armes? A l'Empereur, qui les inspirait souvent et qui en payait toujours les premiers essais.

*
* *

On lui a reproché d'avoir commencé la guerre sans
s'être assuré des alliés. Mais en avait-il eu le temps ?
Oublie-t-on que huit jours avant la déclaration de
guerre, l'Empereur ne la voulait pas et que, la veille
même, il espérait encore pouvoir la conjurer ?

Comme un pareil reproche sied bien à l'opposition !
elle qui ne cessait de répéter : que la France était
assez forte pour battre la Prusse ; qu'il fallait nous
garder de toute alliance étrangère pour ne pas transformer une guerre particulière en une conflagration
européenne.

Cependant le gouvernement n'avait point négligé
ce point essentiel. Aussitôt qu'il vit la guerre inévitable, il fit tous ses efforts pour s'assurer le concours
de l'Autriche et de l'Italie, du Danemark et de la
Hollande.

Sans nos premiers échecs, ou plutôt sans la révolution du 4 septembre, il est certain que ces Etats,
qui avaient tant d'intérêt à voir réprimer l'ambition
prussienne, ne nous auraient pas laissés seuls dans la
lutte.

Personne alors n'en doutait ; pas plus qu'on ne
doutait des antipathies que la Prusse inspirait à la
Saxe, à la Bavière, au Wurtemberg, à la Hesse, au
Hanovre.

Une seule victoire de la France aurait suffi pour
que tous ces peuples secouassent le joug du roi Guillaume.

La fatalité en a décidé autrement, et les masses,

qui ne voient que les faits accomplis, se sont rangées du côté de la fatalité. Malheur aux vaincus !

*
* *

Bien que nous n'eussions point d'alliés et que nous fussions loin d'être suffisamment préparés, le Gouvernement avait cependant de sérieux motifs pour ne pas désespérer du succès.

Aux 240 mille hommes qui marchaient sur le Rhin, allaient se joindre les soldats en congé, ceux de la réserve et les anciens militaires rappelés sous les drapeaux ; ce qui aurait porté l'ensemble de notre armée à plus de 600 mille soldats aguerris, sans compter les corps francs et les gardes mobiles qui s'organisaient partout, et qui auraient bientôt formé une réserve de 300 mille hommes.

Avec de pareilles forces, la France pouvait, sans trop de présomption, se mesurer avec la Prusse.

Malheureusement le temps nous a manqué. Pour réunir tous ces hommes, avec leurs armes, leurs munitions, leurs équipements, qui se trouvaient disséminés sur tous les points de la France, jusqu'en Algérie, il fallait *deux* ou *trois mois*, et nous avons eu *quinze jours !*

La Prusse était encore plus prête que nous ne le croyions. Ses troupes étaient déjà massées sur notre frontière quand nos premiers corps d'armée y arrivaient, obligés de se battre sans être complétement formés.

Telle a été la principale cause de nos revers.

4.

*
* *

Cependant, comme le disait fort justement l'Empereur, tout pouvait encore se réparer.

Pour cela, il fallait concentrer près de Paris, au camp de Châlons, les troupes qui avaient été battues, les y reconstituer, les renforcer des soldats en congé, de ceux de la réserve et des anciens militaires rappelés; former avec tous ces éléments une nouvelle armée de 300 mille hommes; attendre là que l'armée du Prince Royal de Prusse, victorieuse à Wissembourg, à Forbach, à Reichauffen, vînt nous attaquer; la battre, ce qui était facile avec les forces dont nous aurions disposé, puis se rejeter sur les autres armées prussiennes que Bazaine retenait devant Metz, et qui, placées ainsi entre deux feux, auraient été probablement forcées de repasser le Rhin.

Ce plan paraissait infaillible. C'était celui de l'Empereur et de Mac-Mahon; c'était aussi celui du général Trochu, ainsi qu'il le déclare dans la longue apologie de ses faits et gestes qu'il vient de prononcer devant l'Assemblée nationale. Pour le réaliser plus promptement, l'Empereur était revenu à Châlons et allait se rendre à Paris, où seul il pouvait réunir les ressources nécessaires au succès de cette patriotique combinaison.

Qui s'y est opposé ? La Chambre d'abord, qui se prêtait alors, sans le vouloir, aux secrets desseins de l'opposition; puis le ministère parlementaire, qui obéissait à la Chambre; puis enfin le général Palikao, dont le plan personnel était d'envoyer immédiatement au secours de Bazaine la nouvelle armée si imparfaitement réorganisée, et qui, en sa qualité de ministre de la guerre, commandait à tous les chefs de corps.

Le maréchal de Mac-Mahon, malgré ses observations et l'opinion de l'Empereur, fut obligé d'obéir.

On sait la série de désastres qui en est résultée.

* *
* *

La guerre une fois déclarée, quelle était la place de l'Empereur ?

Il devait se placer à la tête de nos troupes, à l'exemple de tous les souverains, même de ceux qui s'entendent le moins à la conduite des armées, comme l'ont fait non-seulement Henri IV, Gustave-Adolphe, Frédéric-le-Grand, Napoléon; mais encore Louis XIII au siége de la Rochelle, Louis XIV dans les premières campagnes de son règne, Louis XV à Fontenoy, l'empereur d'Autriche en Italie, comme l'a fait aussi le roi Guillaume qui n'a cependant jamais passé pour un grand capitaine.

L'Empereur devait agir ainsi, tant pour donner l'exemple à ses soldats que pour maintenir dans le commandement l'unité si nécessaire au succès, et pour prévenir, entre les chefs de corps, ces rivalités qui nous ont été souvent si funestes.

Que n'aurait pas dit l'opposition si, pendant que nos soldats se battaient sur le Rhin, Napoléon III était resté tranquillement dans son palais de Saint-Cloud ? De quelles épithètes flétrissantes ne l'auraient-ils pas accablé ?

*
* *

L'Empereur ne se borna pas à donner personnelle-
ment à tous l'exemple du courage ; pour montrer jusqu'à quel point il poussait le dévouement au pays, il
voulut emmener avec lui son fils unique, l'espoir de
sa dynastie, résolu à lui faire partager tous les dangers de nos soldats.

Etait-ce dans le but de procurer à ce jeune prince
une précoce popularité ? Ses ennemis l'ont dit. Que ne
disaient-ils pas pour rabaisser les actes les plus généreux d'une famille qu'ils détestaient !

La lettre suivante de l'Impératrice à sa mère ne
laisse aucun doute sur le motif du départ du prince
impérial.

« Louis partira dans quelques jours avec son père
pour l'armée, et je désire que vous lui envoyiez votre
bénédiction avant son départ. Il faut qu'il fasse son
devoir et *honneur à son nom.* »

Telle était la pensée de l'Empereur. Répondant au
discours du président du Corps législatif, il dit :
« Mon fils apprendra, au milieu de l'armée, *à servir
son pays.* »

Et dans sa proclamation aux troupes : « J'amène
mon fils avec moi. Malgré son âge, il sait quels sont
les *devoirs* que son nom lui impose : il est fier de
prendre sa part des dangers de ceux qui combattent
pour la patrie. »

*
* *

On a voulu rejeter sur l'Empereur toutes les fautes
commises au début de la campagne. Comme si on ne

savait pas que, dans une grande guerre, aucune opération importante ne se décide que sur l'avis de la majorité des chefs de corps réunis en conseil!

N'est-il pas, d'ailleurs, fort étrange de voir l'Empereur accusé d'inexpérience militaire, par des hommes qui trouvaient tout naturel que le citoyen Gambetta fût ministre de la guerre et généralissime des armées qu'il avait improvisées?

Dans les choses de la guerre, ce jeune avocat était-il plus expert qu'un souverain qui en avait fait l'étude de toute sa vie et qui passait, non sans raison, pour un de ceux qui les connaissaient le mieux?

*
* *

Au reste, l'Empereur ne conserva pas longtemps le commandement en chef de l'armée. Sur les instances de M. J. Favre, le maréchal Bazaine, qui jouissait alors de la confiance de l'opposition et de la faveur populaire, fut nommé généralissime.

De ce moment l'Empereur s'efface et n'est plus dans l'armée, selon son expression, qu'un *soldat*. Mais aussi les chefs de corps et les ministres, n'étant plus subordonnés à une volonté supérieure, cessent d'agir de concert, et la situation ne fait qu'empirer.

Que fallait-il faire après nos premières défaites? Il est honteux pour nous que ce soit un Allemand qui nous le dise.

Voici ce que nous lisons dans une lettre d'Allemagne que vient de publier le journal anglais, le *Standard* :

« Quelle a été l'attitude de l'opposition à la nouvelle des désastres de Wissembourg et de Wœrth ? Le danger était imminent en ce moment ; s'il était encore possible de vaincre, ne fallait-il pas tout d'abord faire taire toutes ses antipathies ? N'était-ce pas une condition indispensable à tout succès que de maintenir l'unité du pays en face de l'ennemi vainqueur ? L'unité ne devait-elle pas être alors, aux yeux de tout patriote, l'unique drapeau de la France ? Toute chance de salut ne disparaissait-elle pas, au contraire, du moment que l'on semait la défiance et la discorde entre l'Empereur et le peuple ? Lorsque l'on a pu faire supposer à l'armée que ses défaites étaient dues à l'incapacité de ses chefs, tout devait crouler à la fois ; la discipline, la confiance, et, avec elles, toute chance de victoire.....

« Que serait-il arrivé si les députés, après les premières défaites, s'étaient résolûment groupés autour du chef de l'État, et l'avaient soutenu, en face du danger de plus en plus imminent, avec toute l'énergie et la virilité du patriotisme, contre ceux d'entre eux qui l'injuriaient et réclamaient sa déchéance ? Pensez-vous que s'il en eût été ainsi, le monde eût été témoin de la catastrophe de Sedan ? Les défaillances des uns, les audaces des autres, avaient créé cette situation terrible pour l'Empereur, qu'il ne pouvait rentrer dans sa capitale ni organiser une armée pour couvrir Paris. L'opposition avait amené cette alternative singulière pour l'Empereur : Devant lui, l'ennemi ; derrière lui, le spectre de la Révolution. Personne ne savait plus où résidait l'autorité. »

*
* *

On a prétendu que l'Empereur n'avait abandonné qu'en apparence le commandement en chef et que, en réalité, c'était toujours à lui qu'on obéissait.

Nouveau mensonge !

Les faits suivants le prouvent :

L'Empereur ne voulait quitter Metz qu'avec l'armée de Bazaine, qui devait se replier dans l'intérieur et laisser la défense de la ville à sa garnison. Il fut obligé, cependant, de partir seul pour se rendre au camp de Châlons.

Il voulait rentrer à Paris pour y prendre les rênes du Gouvernement. Le ministère le pria de rester à l'armée. L'apologie du général Trochu le constate.

Il voulait que l'armée de Châlons se rapprochât de la capitale, au lieu de se porter vers la frontière. Le ministère en décida autrement.

Mac-Mahon, prévoyant ce qui l'attendait à Sedan, demandait à se jeter plus à l'ouest, pour ne pas être pris entre l'armée du Prince Royal qui le suivait et celle du prince Frédéric qui l'attendait de pied ferme; tel était aussi l'avis de l'Empereur. Le ministère s'y opposa, réitérant au maréchal l'ordre de dégager Bazaine à tout prix

*
* *

De Châlons à Sedan l'Empereur marche avec l'armée, sans espérance, mais croyant que c'était son devoir.

On l'avait pressé de se retirer à Mézières avant la bataille; il s'y refusa avec une noble fierté. « Quel que

soit, dit-il, le sort de l'armée, je veux m'y associer. Je
ne suis plus qu'un soldat ; je partagerai la fortune des
autres soldats. »

Ce n'est donc ni à sa présence, ni à ses ordres sur
les champs de bataille, qu'il faut attribuer nos défaites.

*
* *

Mais ne serait-ce pas à son entourage, à ces généraux qu'il aurait choisis bien plus à cause de leurs
talents de courtisans que pour leurs capacités militaires ?

On l'a dit, et c'est un nouveau mensonge.

L'Empereur n'avait-il pas placé à la tête de l'armée et dans les grands commandements de l'intérieur
nos hommes de guerre les plus éminents, ceux qui
avaient montré, à la fois, le plus de courage et de
talents dans les guerres précédentes : en Afrique, en
Crimée, en Italie, en Chine, au Mexique ?

Quel officier en renom avait-il oublié ?

Le général Trochu lui-même, que ses critiques sur
notre organisation militaire et ses airs d'indépendance
avaient fait le héros du jour, n'a-t-il pas été chargé
par l'Empereur du gouvernement de Paris, de la garde
de l'Impératrice et des grands corps de l'État ?

L'opposition aurait-elle trouvé mieux ?

Depuis que l'Empire est tombé, ceux qui l'ont remplacé ont-ils été plus habiles, plus heureux dans leurs
choix ?

Est-ce que l'illustre vainqueur de la Commune de
Paris ne commandait pas à Reichauffen et à Sedan ?

Sans doute, l'Empereur a pu commettre des erreurs. Tous les chefs de corps n'ont pas répondu à sa confiance ; l'intendance a eu des négligences et fait des bévues ; ceux qui étaient chargés d'exécuter les ordres ne s'en sont pas toujours acquittés avec tout le zèle, toute l'intelligence qu'on pouvait en attendre ; le ministère parlementaire et la Chambre ont perdu la tête ; d'autres ont trahi leurs serments et leurs devoirs en laissant envahir les Tuileries et le Corps législatif par des bandes révolutionnaires, et en mettant leur signature au bas de proclamations mensongères ; d'autres encore, en pactisant avec l'émeute et en foulant aux pieds la volonté nationale.

Mais quel souverain ne s'est jamais trompé et ne l'a jamais été ?

*
* *

Un des grands reproches adressés à l'Empereur est d'avoir entravé les mouvements de l'armée par l'énorme quantité de ses bagages. A en croire ses calomniateurs, il en avait une telle quantité que les voitures qui les conduisaient mettaient des heures entières à défiler.

La commission des *papiers secrets* a vu là une des principales causes de nos défaites. Seulement elle ne s'est pas aperçue qu'elle se donnait à elle-même un démenti formel, en indiquant le chiffre exact des caisses qui renfermaient les bagages de l'Empereur, de son fils, des officiers de leur suite et des domestiques. Six voitures suffisaient à transporter tout cela.

Un simple maréchal de France, en campagne, en a davantage ; le roi de Prusse en avait dix fois plus.

5

CHAPITRE V.

La conduite de l'Empereur, à Sedan, a-t-elle été indigne de son rang et de son nom ?

Malgré les instances de plusieurs généraux qui le priaient de s'éloigner, l'Empereur voulut partager le sort de son armée : vaincre ou périr avec elle.

Il se contenta de faire partir son fils, afin que, si lui-même succombait, la France pût se rallier encore autour du rejeton de la seule dynastie qui soit restée populaire.

Tant qu'a duré cette lutte terrible, l'Empereur est demeuré au milieu de ses soldats, les encourageant de ses paroles et de son exemple, et demandant vainement, comme Napoléon Ier à Waterloo, la balle ou le boulet qui lui permettrait de ne pas survivre à sa défaite.

Qu'on interroge les officiers et les soldats qui se sont trouvés à cette sanglante journée ; tous diront que l'Empereur n'a cessé d'être au plus épais du danger, affrontant la mort avec ce courage froid et calme qu'il avait montré à Magenta, à Solférino, et devant les balles, les bombes, les poignards de ses assassins.

Plusieurs de ses aides de camp ont été frappés à ses côtés. Il fut même obligé, au moment où la mitraille faisait le plus de ravages autour de lui, d'ordonner aux officiers de sa suite de s'abriter dans un pli de terrain, tandis que lui restait seul, à cheval, au milieu de cet ouragan de fer.

★ ★
★

Ici encore les témoignages abondent. Citons d'abord
celui du brave et loyal général Pajol, aide de camp de
l'Empereur, qu'il n'a pas quitté un instant pendant
toute la journée du 1ᵉʳ septembre.

« C'est à cinq heures du matin qu'eut lieu la première attaque du côté de Bazeilles.

» Sous les feux de l'ennemi, l'Empereur arriva au
milieu de cette belle division d'infanterie de marine,
commandée par le général de Vassoigne ; le combat
était vif, car la garde royale prussienne et un corps
bavarois s'acharnaient à l'attaque du village. Après
être demeuré une demi-heure au milieu de cette
troupe, l'Empereur, voyant que les obus et les balles
arrivaient de tous les côtés à la fois, ordonna au groupe
d'officiers qui l'accompagnait de rester auprès d'un
bataillon de chasseurs à pied, qui, abrité derrière un
mur, attendait le moment d'entrer en ligne.

» L'Empereur, délivré de son escorte et voulant voir par lui-même les positions, s'avança encore
plus en avant accompagné seulement de son aide-de-
camp qui était moi, de l'officier d'ordonnance, capitaine d'Hendecourt, qui fut tué, du premier écuyer,
Davilliers, et du docteur Corvisart. Puis S. M. se diri-
gea sur un point culminant où étaient les batteries du
commandant Saint-Aulaire et y demeura pendant
près d'une heure au milieu d'une grêle de projectiles
ennemis.»

★
★ ★

Passons maintenant aux témoignages des hommes
es moins sympathiques à l'Empire.

Un officier supérieur, blessé à Sedan, écrivait à son ami ces lignes reproduites dans le *journal de Genève :*

« Je n'aime pas l'Empereur; mais j'aime encore moins la calomnie. Il s'est *bien montré,* et, s'il n'a pas *été tué, ce n'est pas l'envie qui lui en a manqué.*

» Nos chefs ont été des maladroits, nos soldats des fous et des indisciplinés; mais *personne n'a été lâche.* Je le dis très-haut pour l'honneur de la France. On ne sert pas une bonne cause en *mentant,* Sedan est une faute, un grand malhéur; mais une *honte!* jamais! Dites-le partout et à tous. »

A ce témoignage qu'on ne saurait récuser, ajoutons celui des journalistes qui suivaient l'armée.

Le correspondant du journal le *Temps* lui écrit :

« L'Empereur a *voulu mourir.* Le fait est maintenant avéré. La mort a passé près de lui comme près de Ney sur le plateau du mont Saint-Jean, quand les boulets qu'il appelait s'obstinaient à l'épargner.

Le correspondant du *Times,* journal anglais, raconte qu'à la bataille de Sedan, « l'Empereur a fait preuve du *plus grand courage ;* il a *en vain cherché la mort.* Un obus est venu tomber sous les pieds de son cheval. »

Enfin le *Journal officiel* de Berlin, du 8 septembre, dit que : « D'après des témoignages oculaires, à la bataille de Sedan, l'Empereur Napoléon s'est exposé à un tel point que *son intention de se faire tuer était évidente.* »

Dans la lettre du publiciste allemand au *Standard,* nous lisons :

« .....L'opposition a déclaré que la capitulation de Sedan avait été un acte de lâcheté de l'Empereur, et ce mensonge, accepté sans examen, fut une des bases de la République nouvelle ; cependant, personne ne l'ignore aujourd'hui, le courage froid de l'Empereur ne l'a pas abandonné dans cette terrible journée, où croulait toute sa puissance. Pendant plusieurs heures il s'est exposé au feu le plus violent, s'offrant ainsi à la mort. Il n'a pas voulu le suicide, soit ; c'est le refuge facile des orgueilleux et des égoïstes ; mais quand il a dit : *Je n'ai pu me faire tuer à la tête de mes soldats...,* il a dit simplement une chose vraie...»

En fait de courage, nous ne connaissons pas de meilleur juge que le soldat français. Voici ce que nous racontait un sergent du 74e :

« Au plus fort de la bataille, l'Empereur aperçoit une batterie de mitrailleuses sur laquelle les Prussiens fesaient pleuvoir les obus et les balles ; les premiers servants tués ou blessés avaient été remplacés par des soldats de toutes armes. L'Empereur s'approche, met pied à terre, commande la manœuvre et pointe lui-même une des pièces, en nous disant : « Courage, mes enfants, encore un effort. C'est pour la France! » Cela, je l'ai vu, je l'ai entendu, car j'y étais. »

Le même fait est confirmé par le témoignage du colonel anglais Forgues, qui a suivi toute la campagne.

⁎
⁎ ⁎

Entraîné, avec l'armée vaincue, dans cette *souri-cière* de Sedan, comme l'appelle le général Lebrun, l'Empereur y conserve l'intrépidité calme qui ne l'avait point abandonné pendant la lutte.

Le même correspondant du *Temps* cite le fait suivant :

« En passant auprès de notre café, un obus avait éclaté à deux pas de son cheval ; pas un muscle de ce masque étrange n'avait bougé. Il se contenta de réprimer, d'un geste, les acclamations qui l'accueillaient encore. »

Un fait analogue est raconté par un témoin dans le *Paris-Journal :* « Celui qui fut Napoléon III est assis sur un pliant et parle à des officiers. Une bombe tombe à côté d'eux et se mêle à la conversation. Les officiers, involontairement, font un pas en arrière. L'*autre* ne bouge pas et continue tranquillement l'entretien. »

Les arts ont immortalisé la figure sereine de Napoléon Ier continuant d'observer, avec sa lorgnette, les mouvements de l'ennemi, pendant qu'un obus éclate entre les jambes de son cheval, et l'enveloppe de fer et de fumée.

Dans une circonstance semblable, le neveu s'est montré digne de l'oncle.

Pourquoi sont-ils jugés d'une manière si différente ?

C'est que l'un est dans les mains de l'histoire, c'est-à-dire de la vérité, tandis que l'autre se trouve encore entre les mains de ceux qui ont intérêt à le calomnier.

Heureusement leur règne va finir ; celui de la vérité aura bientôt son tour.

*
* *

Si jamais accusation devait épargner Napoléon III,

c'est incontestablement celle de manquer de courage.

Les perturbateurs du repos public le connaissaient mieux. Tous s'accordaient à dire que, tant qu'il serait au pouvoir, aucune révolution n'était possible, parce qu'il se ferait tuer plutôt que de céder. Aussi le règne de la Commune n'a-t-il pu s'établir qu'après sa chute.

Qui ne sait avec quelle impassibilité il a reçu, à bout portant, les coups de pistolet de Pianori et l'épouvantable explosion des bombes d'Orsini ?

Combien de fois n'a-t-il pas bravé des dangers d'autant plus terribles que, sachant parfaitement qu'un complot était préparé contre sa vie, il ne connaissait ni les conjurés, ni l'heure, ni le lieu fixé pour l'exécution ?

Loin de fuir le péril, il l'affrontait, au contraire, avec ce superbe dédain qui faisait trembler son entourage ; et quand ses amis essayaient de l'engager à la prudence, il se contentait de répondre : « Rassurez-vous. Je ne suis qu'un instrument dans la main de la Providence. Tant qu'elle me croira utile à l'exécution de ses desseins, elle saura bien me préserver. Je ne tomberai que le jour où ma tâche sera remplie. Mais alors, que m'importe ? »

Voilà cependant l'homme que ceux de la prétendue défense nationale ont osé appeler : *le lâche de Sedan !*

Qu'auraient fait à sa place, et le citoyen Jules Favre qui ne sait que pleurer devant l'ennemi, et le généralissime Gambetta qui se sauve d'Orléans quand il apprend qu'on s'y bat, et l'intrépide Rochefort qui s'évanouit à un enterrement, et tous ces gouvernants du 4 septembre qui n'ont que la fuite à opposer à l'émeute, et tous ces lâches instigateurs des crimes de la Commune, qui se sont refugiés à l'étranger, en abandonnant leurs victimes à la vindicte des lois?

Depuis quand la couardise a-t-elle le droit d'insulter la bravoure?

LA CAPITULATION DE SEDAN

Pouvait-elle être évitée?
Est-ce l'Empereur qui l'a ordonnée?
Quel y a été son rôle?

Dans la situation où la bataille de Sedan avait mis l'armée française, aucune résistance n'étant plus possible, la capitulation était inévitable. Tout le monde en convient aujourd'hui.

Vainement quelques hommes courageux avaient tenté de franchir le cercle de fer qui entourait nos troupes; la plupart n'étaient parvenus qu'à se faire massacrer.

Entassée dans la ville, l'armée vaincue n'offrait plus qu'un affreux pêle-mêle d'artillerie, de cavalerie, d'infanterie, où l'on ne se reconnaissait plus. Le désordre, la confusion étaient partout. On ne savait même plus qui commandait; car la fatalité avait voulu que Mac-Mahon fût blessé dès le commencement de la bataille et remplacé par le général Ducrot qui, lui-même, dut céder, au milieu de l'action, le commandement en chef au général de Wimpffen qui arrivait d'Afrique.

Les Prussiens entouraient Sedan avec *deux cent cinquante mille* hommes; ils avaient braqué, sur les hauteurs qui dominent cette petite place, *cinq cents pièces de canon* avec lesquelles ils pouvaient, sans danger, foudroyer les *soixante-quinze mille Français* qu'y s'y trouvaient acculés ; et la ville n'offrait à nos malheureuses troupes ni vivres, ni munitions.

Comment alors recommencer la lutte ?

Témoin de cet affreux spectacle, le correspondant de l'*Opinion nationale* lui écrit : « Nos soldats s'entassaient dans les rues, sur les places, tellement serrés que, si on eût jeté une pierre en l'air, elle ne serait pas retombée par terre. »

« Il tombait, dit le correspondant du *Times,* une pluie de boulets sur la ville, remplis de citoyens terrifiés qui n'avaient pas eu le temps de fuir. Les troupes étaient dans un état de fureur terrible, n'obéissant plus aux chefs, se mutinant, et chaque boulet qui tombait augmentait leur irritation. On comprit que Sedan allait se livrer aux vainqueurs.

« L'*Empereur n'y pouvait rien.* Devant la certitude d'une ruine irrémédiable, le vœu général était qu'on se rendît. »

Dans un rapport des plus malveillants pour Celui qu'il appellera désormais l'*homme de Sedan,* le *Journal officiel* du gouvernement de la défense nationale est cependant obligé de convenir que : « depuis les quatre heures, toute *résistance* était *devenue impossible.* »

* * *

Que fit alors l'Empereur et que devait-il faire ?

En l'absence du général en chef qui n'était pas

encore dans la ville, il ordonna de hisser sur la citadelle le drapeau blanc, non pour *capituler,* mais uniquement pour *faire cesser le feu,* pour suspendre le
massacre de nos soldats et donner le temps aux chefs
de l'armée de délibérer sur le parti qui restait à
prendre.

Quant à Lui, se souvenant de l'exemple de son oncle
qui avait abdiqué à Fontainebleau pour arrêter l'invasion étrangère et épargner à la France les horreurs de
la guerre civile ; s'appuyant d'ailleurs sur la proclamation du roi de Prusse qui avait publiquement an-
noncé *qu'il ne faisait point la guerre à la France, mais
uniquement à l'Empereur,* il n'hésita pas à se sacrifier.
Il espérait sauver ainsi les restes de notre armée et
faciliter la conclusion d'une paix dont personne mieux
que lui ne comprenait la nécessité.

De là sa lettre au roi de Prusse ; de là ses confé-
rences avec ce souverain et avec M. de Bismark. Si
ses efforts échouèrent devant les froids calculs de l'ambition prussienne et de celle des hommes du 4 septembre, qui oserait lui en faire un crime ?

Il ne stipula rien pour lui-même ; son parti était
pris de partager le sort de ses soldats, de rester pri-
sonnier avec eux.

« Dès onze heures du matin, dit le général Pajol,
l'Empereur s'était rendu compte de la situation ; pendant cinq heures, il s'était trouvé au plus fort de l'action sous le feu croisé de la mitraille ; les projectiles
éclataient autour de sa personne et de son état-major ;
le général de Courson et le capitaine de Trécesson
avaient été gravement blessés près de lui ; en se reti-
rant, les troupes d'infanterie l'obligèrent à rétrogra-

der, et il se trouva, pour ainsi dire, acculé aux murs
de la place. Lorsqu'il les franchit, il y avait déjà plus
de 30,000 hommes entassés dans les rues, pêle-mêle,
sans ordre ; les obus tombaient au milieu d'eux comme
sur le champ de bataille et y faisaient les mêmes
ravages. Sur le pont un obus éclata à deux pas de
l'Empereur et tua deux chevaux à côté de lui ; il est
extraordinaire qu'il n'ait pas été tué là !

« Bientôt les chefs de corps arrivèrent, déclarant que
que leurs troupes étaient refoulées en désordre dans
les rues de la ville et que toute résistance était devenue impossible ; on tomba d'accord qu'il fallait arrêter
l'effusion du sang et arborer le drapeau parlementaire. Le général Pellé adressa à l'Empereur ces paroles que je ne puis oublier :

« Sire, je ne suis qu'un soldat, je voudrais sauver
Votre Majesté, mais Elle ne peut en ce moment sortir
des remparts ; toute tentative serait inutile. »

« L'Empereur répondit qu'il n'entendait pas, pour
sauver sa personne, sacrifier la vie d'un seul soldat,
et qu'il était décidé à partager le sort de l'armée.

« Après avoir scrupuleusement interrogé les officiers
généraux sur l'état des choses, l'Empereur chargea le
général Lebrun d'aller trouver le général de Wimpffen
et de lui conseiller, puisque la lutte était désormais
inutile, de demander un armistice. Au bout d'une
grande heure pendant laquelle le nombre des victimes
augmentait dans une proportion effrayante, sous un
feu multiple auquel l'artillerie ne répondait même
plus, aucune réponse n'étant parvenue, l'Empereur
prit sur lui de faire arborer le drapeau blanc au haut
de la citadelle. Aussitôt le roi de Prusse envoya un de

ses aides-de-camp demander la reddition de la place.
L'Empereur, persuadé qu'en livrant sa personne il
obtiendrait de meilleures conditions pour l'armée et
pour la France, envoya à son tour un aide-de-camp
au roi Guillaume pour lui dire qu'il remettait son
épée entre ses mains. »

* * *

Pendant ces entretiens, le général en chef, de
Wimpffen, avait réuni les autres généraux en conseil,
et, après un examen approfondi de la situation de
notre armée, des ressources de la place, des chances
d'une attaque désespérée contre l'ennemi, le conseil
décida, à l'unanimité, qu'il fallait absolument traiter,
sous peine de faire tuer jusqu'au dernier soldat, et de
« réduire, selon l'expression d'un journaliste anglais,
ces vaillantes troupes en une marmelade de chair
humaine, sans exemple dans l'histoire. »

« Reprendre les armes, dit le général de Wimpffen
dans sa proclamation, c'eût été sacrifier, en pure perte
de braves soldats susceptibles de rendre encore dans
l'avenir de bons et brillants services à la patrie. »

Ce sont eux, en effet, qui viennent de rendre Paris
à la France.

* * *

Le même général, dans une lettre récemment publiée par un journal radical d'Alger, revient sur la
capitulation de Sedan.

Après avoir raconté ses vains efforts pour entraîner
les troupes à recommencer le combat, il ajoute :

« Ces hommes étaient excusables, car ils avaient

eu 20 généraux tués ou blessés, 2,000 officiers de tous grades et 15,000 soldats. Ils avaient combattu, de quatre heures du matin à six heures du soir, *soixante-cinq mille contre deux cent vingt mille.*

» Le lendemain, après avoir entendu l'avis unanime des généraux de division et commandants de corps, je me résignai à aller arrêter les bases de la capitulation. »

A tous ces témoignages, ajoutons celui de l'officier supérieur que nous avons déjà cité.

« A Sedan, on était, dit-il, serré comme des harengs ; une épingle ne serait pas tombée à terre, et les obus et les boulets tombaient là-dedans comme la grêle : Jugez de l'horreur! Résister était impossible. Le simple bon sens indiquait la capitulation. »

« Quelle était, en ce moment, la position de l'armée française dit l'écrivain allemand du *Standard*? La voici telle quelle est décrite par le comte de Moltke, s'adressant au général Wimpffen :

» Votre armée compte en ce moment 80,000 hom-
» mes ; elle est complétement enveloppée par 200,000.
» Notre artillerie peut détruire la ville de fond en
» comble en deux heures. Vos troupes ne peuvent
» sortir de Sedan que par les portes ; elles sont dans
» l'impossibilité de se développer au dehors sous nos
» feux. Ce n'est plus une défense que vous allez con-
» tinuer, c'est une boucherie que vous laisserez s'ac-
» complir. Quelle est celui qui voudra porter cette
» responsabilité ? »

« On l'a déjà dit, et on l'a dit justement : ce n'est pas l'Empereur, c'est l'armée toute entière qui a capitulé. »

« En supposant que l'Empereur, dans une situation aussi désespérée, eût sacrifié quelques milliers
d'hommes pour chercher à sauver sa personne, en
traversant de vive force, si toutefois la chose eût été
possible, les lignes allemandes, y aurait-il eu des termes assez violents, pour accuser l'Empereur du haut de
la tribune d'avoir sacrifié à son propre salut le sang
précieux des soldats français ! »

*
* *

En présence de tous ces témoignages, qui oserait
parler encore de la *honteuse* capitulation de Sedan et
la faire retomber sur l'Empereur ?

N'est-il pas évident que cette capitulation n'a point
été une honte, mais seulement une cruelle nécessité.
et que si, par impossible, il y avait eu de la honte,
elle flétrirait tous les chefs de notre héroïque armée ?

Mais la haine des partis ne raisonne pas. Que leur
importe l'honneur de la France et de ses soldats,
pourvu qu'ils arrivent à renverser l'obstacle qui s'op-
pose à leur ambition ?

Loin d'avoir été une honte, Sedan comme Waterloo
n'a fait qu'ajouter au renom de bravoure de notre
armée. Ce n'a été qu'une bataille perdue, où la valeur
a succombé sous le nombre, mais d'où la gloire de la
France est sortie intacte, et d'où sa puissance pouvait
aisément se relever.

Quel était alors le devoir du pays ? L'écrivain
allemand déjà cité va nous le dire :

« ..... Lorsque le télégraphe eut apporté à l'Allemagne la nouvelle de la captivité de l'Empereur, l'o-
pinion générale fut que la dynastie était sauvée. On ne

pouvait supposer que les sentiments qui animaient la France permissent à des factieux de détrôner l'Empereur captif. Où était donc cet esprit chevaleresque des vieux temps? Le malheur n'avait donc plus rien de sacré aux yeux des Français? Si la fortune avait voulu que la guerre se terminât par la victoire, que d'*alleluias* on eût chantés dans tout l'Empire pour célébrer le conquérant du Rhin! Mais ce spectacle n'était pas réservé à la France. La justice veut que de terribles leçons soient imposées aux peuples qui ne croient plus à rien. »

⁎
⁎ ⁎

Qui a transformé cette bataille perdue en un effroyable désastre?

Les hommes du 4 septembre, qui, pour accomplir la révolution où leur ambition nous a précipités, avaient besoin de faire croire à la France qu'à Sedan tout était perdu jusqu'à l'honneur.

Sans doute, il nous était difficile, le lendemain de cette défaite, de ressaisir la victoire; mais si la nation fût restée unie au gouvernement qu'elle avait choisi, n'aurait-elle pas trouvé, dans les immenses ressources dont elle disposait encore et que le gouvernement du 4 septembre a si indignement gaspillées, le moyen de faire repentir l'ennemi de son audace?

Ne sait-on pas, d'ailleurs, qu'alors la Prusse, étonnée de ses succès, aurait consenti à signer la paix sans exiger du vaincu d'autre sacrifice qu'une indemnité de *moins d'un milliard*, et que les puissances européennes, la Russie en tête, étaient résolues à s'opposer, même par la force, à ce que la Prusse exigeât davantage?

M. Jules Favre et ses complices n'ont eu garde d'en
informer le pays. S'ils l'eussent fait, la guerre était
finie et leur règne impossible. Or, ils voulaient le pouvoir; ils le voulaient à tout prix et par tous les
moyens. Pour arriver à leur but, ils ont sacrifié la
fortune, l'honneur et le salut de la France !

« Enfin, dit encore le *Standard*, la république
a été fondée au milieu du désastre du pays ; et l'on
peut dire que les hommes qui ont assumé si légère-
ment cette lourde responsabilité ont montré une incapacité non moins grande que leur audace.

» Après s'être traînés de fautes en fautes, ils en
sont arrivés à traiter de la paix lorsque la France gi-
sait épuisée sur son sol dévasté, et ne pouvait que
subir les conditions imposées par le vainqueur. A
moins de renoncer à tout jugement, il est impossible
d'admettre que le sort de la France eût été aussi triste,
si la forme de son gouvernement n'avait pas été chan-
gée pendant la guerre.

» Les républicains, au contraire, avaient à justifier
la révolution par la victoire, coûte que coûte ; et, en
cela, ils n'ont été que de faux imitateurs des chefs de
la première révolution. L'Empereur, s'il n'avait pas
été renversé, aurait traité de la paix à un moment où
la France vaincue, mais non pas épuisée, soutenue
par des alliances qui manquaient à la révolution, aurait pu débattre sérieusement les conditions d'une
paix honorable. »

CHAPITRE VI

Quel usage l'Empereur a-t-il fait de son pouvoir ?

La réponse à cette question est inscrite en caractè-res ineffaçables sur tous les points du pays ; dans les campagnes comme dans les villes, et dans le cœur de tous ceux chez qui la passion n'a pas complétement perverti le sens moral.

L'acte par lequel Louis Napoléon inaugura son pouvoir fut le coup d'Etat du 2 décembre, qui rétablit l'ordre, la tranquillité, la confiance.

Ceux qui ont vu la révolution de 1848, qui ne don-nait cependant qu'un bien faible avant-goût de celle où la France se débat encore aujourd'hui, n'ont pas oublié ce qu'elle nous avait coûté de sang et de rui-nes, et dans quelle déplorable situation elle avait jeté le commerce et l'industrie, le travail et le crédit.

Alors, comme après la révolution de 93, la nation entière appelait une main ferme pour la tirer de l'a-bîme.

Cette main s'est trouvée ; et la journée du 2 décem-bre n'a pas été moins glorieuse et moins féconde que celle du 18 brumaire.

Ce sont deux mémorables journées pour la France ; car, en la sauvant de l'anarchie, elles ont également sauvé les précieuses conquêtes de 89, et ouvert la voie à toutes les grandes et glorieuses choses qu'elle doit aux deux empires

*
* *

Rappelons les faits.

Pendant les dix-huit ans de règne de Napoléon III,
les revenus annuels de notre agriculture se sont accrus de plus de *deux milliards,* et la valeur du sol de
plus de *vingt milliards.*

C'est aussi par milliards qu'il faut compter l'aug-
mentation du nombre et la plus value des autres pro-
priétés immobilières ; maisons, usines, constructions
de toutes sortes. Dans la seule ville de Paris, les ha-
bitations particulières, qui n'étaient estimées qu'à
cinq milliards en 1852, dépassaient *huit milliards* au
commencement de 1870.

Et Lyon, et Marseille, et Bordeaux, et Lille, et
Rouen, et toutes les autres villes grandes ou petites,
que n'ont-elles pas gagné en étendue, en salubrité,
en embellissements, à ce règne si prodigieusement fé-
cond ?

L'industrie et le commerce ont prospéré plus rapi-
dement et plus largement encore. Pendant ces dix-
huit ans, leurs produits et leurs échanges se son éle-
vés de *quatre* à *dix milliards,* et les valeurs mobilières :
titres de rente, actions, obligations diverses, se sont
accrues de *quinze milliards.*

Nos chemins de fer comptaient, en 1870, *douze mille*
kilomètres de plus qu'en 1851.

Nos canaux, nos routes, nos chemins de grande, de
moyenne et de petite vicinalité, ont suivi la même
progression. Le service des postes s'est étendu aux
plus petites localités, et le réseau des lignes télégra-
phiques couvrait la France entière.

*
* *

Quel gouvernement avait autant fait que le second
empire pour développer l'enseignement public à tous
les degrés, améliorer le sort des maîtres, multiplier
les colléges, les maisons d'école, les salles d'asile, et
répandre l'instruction primaire jusque dans les derniers hameaux ?

Et les beaux-arts ! A quelle époque ont-ils été encouragés, récompensés comme sous l'Empire ?

Que de nouveaux monuments construits, que d'anciens achevés ou réparés ! Et avec quel respect pour
l'histoire celui dont on a brisé les statues et les em-
blêmes faisait accomplir ces restaurations !

*
* *

La liberté de conscience a-t-elle jamais été aussi
complète ? La religion et ses ministres ont-ils jamais
été plus respectés que sous son règne ?

Quel gouvernement a mieux su protéger au dehors
cette grande Église catholique dont la France est la
fille aînée ? La chute de l'Empire n'a-t-elle pas entraîné celle de l'indépendance du Souverain Pontife ?
N'y a-t-il pas dans cette simple concordance un profond enseignement?

*
* *

Inutile de rappeler ce que l'Empereur et l'Impératrice ont fait en œuvres de bienfaisance. Le souvenir
en est gravé dans la reconnaissance de tous les malheureux.

Quelle souffrance, quelle misère n'ont-ils pas soulagées ?

Aussitôt qu'un fléau sévissait sur un point quelconque de la France, les populations ne les voyaient-elles pas accourir, les mains pleines, pour le conjurer ou le réparer, pour relever les courages par leur exemple non moins que par leurs bienfaits ?

Est-ce dans les hôpitaux qu'elle a fondés, et dans ceux de Paris et d'Amiens où elle allait s'asseoir au chevet du lit des cholériques, que d'ignobles caricaturistes auraient osé tourner en ridicule la noble souveraine que les pauvres malades ont si justement surnommée : *la sœur de charité*?

*

N'est-ce pas à l'Empereur que la classe ouvrière doit le complément de son émancipation, la suppression des entraves que la révolution de 89 lui avait encore laissées ? n'est-ce pas lui qui l'a placée sur le pied d'une entière égalité de droits avec les patrons ?

Et que n'a-t-il pas fait pour multiplier, encourager, soutenir ces associations coopératives et de secours, qui rendaient déjà tant de services aux véritables travailleurs ?

Ceux qui se sont laissés abuser par les fausses doctrines des utopistes dont l'unique but était d'exploiter la misère et les passions des masses, ne tarderont pas à reconnaître de quel côté se trouvait le véritable ami du peuple.

Si Napoléon 1er a été la *révolution à cheval*, Napoléon III était la *démocratie couronnée*.

*
* *

Quant à l'armée et à la marine, elles n'ont pas à s'adresser les mêmes reproches qu'une partie de la classe ouvrière et de la bourgeoisie. Nos soldats et nos marins se souviennent de ce que l'Empereur a fait pour améliorer leur pénible et noble carrière. S'ils ont souffert comme lui des malheurs de la patrie, ils sont également restés fidèles à l'honneur, ils n'ont point voulu accabler de leur ingratitude celui qui tombait victime des ennemis de la France.

*
* *

Les soins qu'exigeaient les améliorations et les progrès du dedans n'empêchaient pas l'Empereur de s'occuper des intérêts du pays au dehors.

Il fallait relever, en Europe et dans les contrées les plus lointaines, la gloire de notre drapeau, le prestige de notre puissance, et ouvrir aux produits de notre agriculture et de notre industrie de nouveaux débouchés.

Tel a été le but des expéditions en Chine, au Japon, en Cochinchine, qui ont mis la France en relation avec des centaines de millions de consommateurs et nous ont valu cette magnifique colonie qui remplace tout ce que nous avions perdu dans les Indes.

Tel était aussi le but de l'expédition du Mexique, qui, sans les fautes de l'infortuné Maximilien, et, surtout, sans l'alliance intéressée de certains orateurs de l'opposition française avec notre ennemi Juarès, aurait procuré à notre commerce d'incalculables avantages.

* *
*

Assurément ces grandes choses ont exigé de grandes dépenses. Cependant, malgré tout ce qu'elles ont coûté, les ressources du pays ont pu y suffire, sans que ses impôts aient été augmentés. Pourquoi?

Parce que, grâce au développement incessant de la prospérité publique, les revenus de l'Etat se sont accrus, sous l'Empire, de 800 millions.

Tel est le bilan d'un règne de dix-huit ans. Il n'a pas son pareil dans l'histoire.

Et c'est ce règne que ceux qui ont perdu la France voudraient nous forcer à maudire!

Reste l'accusation de *corruption*, Il faut y répondre.

CHAPITRE III.

L'Empereur a-t-il corrompu la France? Qu'a-t-il fait de sa Liste civile?

Si *corrompre* un peuple c'est l'*enrichir*, jamais il n'y eut de plus grand corrupteur que Napoléon III.

Par contre, si *moraliser* un pays c'est l'*appauvrir*, il est impossible de trouver un gouvernement plus moral que celui du QUATRE septembre, excepté celui de la Commune, qui en était, du reste, la conséquence logique.

« Le 4 septembre, comme le dit le *Paris-Journal*, a engendré le 18 mars. Les ouvriers des deux journées sont les mêmes.

» Les hommes du 18 mars n'étaient que les élèves et les soldats du 4 septembre. »

Pendant les neuf mois qu'ont duré ces deux gouvernements modèles, la ruine, la misère, la désolation de la France sont arrivées au comble.

*
* *

Etions-nous vraiment plus corrompus sous l'Empire que sous Louis-Philippe, sous la restauration, sous la première république, sous l'ancienne monarchie?

Est-ce que ces vigoureux enfants de la campagne qui composaient l'armée du Rhin et les bataillons de la garde mobile se sont montrés plus corrompus que leurs pères et moins braves devant l'ennemi?

Ne confondons pas l'aisance, le luxe même, avec la corruption.

Le développement de l'instruction et de la prospérité publiques a pour résultat nécessaire d'appeler un plus grand nombre d'hommes aux jouissances de la vie intellectuelle et matérielle.

Les populations sont-elles plus corrompues parce qu'elles sont moins ignorantes et moins malheureuses?

L'Empereur ne se bornait pas à dire aux Français, comme leur disait M. Guizot sous Louis-Philippe : *Enrichissez-vous ;* il les enrichissait en ouvrant devant eux toutes les voies de la fortune.

Est-ce sa faute si quelques-uns en abusaient?

* *

Sait-on où la corruption avait fait le plus de progrès sous son règne?

Précisément dans les classes qui lui ont été le plus hostiles;

Dans le haut commerce, dans la finance, parmi les avocats et les faiseurs d'affaires;

Dans ces couches inférieures de la société où les chefs du 4 septembre et ceux de la Commune ont trouvé leurs plus ardents auxiliaires;

Enfin, dans cette bourgeoisie taquine, impatiente de toute autorité, qui n'a cessé de réclamer ce que son illustre chef appelait les *libertés nécessaires,* et où d'autres ont vu la liberté de tout dire et de tout faire; d'insulter les honnêtes gens, de les piller, de les égorger et de brûler Paris.

* *

Quel intérêt, d'ailleurs, l'Empereur pouvait-il avoir à nous corrompre?

Il serait difficile de le dire.

Quels sont ceux qu'il a corrompus?

On se garde bien de les nommer.

Et avec quoi aurait-il pu corrompre la France entière?

On a parlé de la *Liste civile.* Mais il faut être ignorant ou menteur, comme l'ont été ses calomniateurs, pour ne pas savoir qu'avec sa liste civile, l'Empereur pouvait à peine suffire aux charges de la Couronne et aux inspirations de sa bienfaisance.

Qu'on en juge.

EMPLOI DE LA LISTE CIVILE.

Cette liste s'élevait à 25 millions par an, plus 2 millions de produits des forêts de la couronne ; total 27 *millions*.

Avant la Révolution, nos rois disposaient de tous les revenus de l'État.

La première Constituante fixa la liste civile de Louis XVI à 25 millions, ce qui valait plus de 50 millions aujourd'hui.

La liste civile de Napoléon Ier était également de 25 millions.

Celles de Louis XVIII et de Charles X, avec les dotations des membres de la famille royale, dépassaient 30 *milions*.

La liste civile du Czar et celle du Sultan s'élèvent chacune à plus de 40 *millions*.

<center>
* *</center>*

Sur les 27 millions que recevait Napoléon III, *vingt-deux* millions étaient absorbés par des dépenses *obligatoires*, inscrites au budget de la liste civile, et comprenant :

Les services de la grande aumônerie, du grand maréchal du palais, du grand écuyer, du grand veneur, du grand chambellan, du grand maître des cérémonies, de la maison militaire, de la maison de l'Impératrice et de celle du Prince Impérial ;

Les dépenses de voyage ;

L'entretien et la restauration des palais impériaux qui absorbaient près de huit millions ;

6

L'administration du mobilier de la couronne, des manufactures des Gobelins, de Beauvais, de Sèvres, qui coûtaient à elles seules plus de deux millions ;

Enfin les dons et secours, qu'aucun autre souverain n'a aussi abondamment répandus.

**
* *

Restait moins de *cinq millions* à la disposition personnelle de l'Empereur.

Comment les dépensait-il ?

Pendant les dix-huit années de son règne, l'Empereur a pris sur sa cassette particulière :

Pour *dons et secours*, en dehors de ceux qui figuraient au budget de la liste civile, et pour *pensions* à d'anciens serviteurs, à d'anciens militaires, à des membres de sa famille, environ 30 millions.

Pour *encouragements* aux sciences, aux lettres, aux arts, plus de 12 millions.

Pour *encouragements* à l'agriculture ; pour acquisition, construction, entretien de fermes modèles, dessèchements de marais, reboisements, 15 millions.

Pour *construction* d'églises, de maisons d'école, de salles d'asile, d'hospices, etc., 7 ou 8 millions.

Pour la *restauration* des châteaux de Saint-Germain, de Pierrefonds, etc., qui sont des merveilles, 5 millions.

Pour les *œuvres de bienfaisance* de l'Impératrice, environ 10 millions.

Sans compter d'autres dépenses qui n'étaient point inscrites, et qui, presque toutes, avaient pour objet de secourir ces misères cachées, dont les plus nobles familles et les hommes les plus recommandables ne sont pas toujours exempts.

Nous en appelons à tous les esprits de bonne foi. Était-il possible au souverain de la France de faire un plus généreux emploi des fonds qu'elle lui confiait?

*
* *

Que restait-il alors à l'Empereur pour corrompre le pays?

Et comment aurait-il pu faire, à l'étranger, ces énormes placements de fonds dont le gouvernement de septembre et ses complices ont eu l'impudence de l'accuser?

Quelques ignobles écrivains ont parlé du Trésor public! Comme si, avec les règles et le contrôle qui président à l'administration de nos finances, il était possible d'en distraire un centime!

Il y a des calomnies qui se détruisent par leur stupidité même.

La vérité est que l'Empereur est aujourd'hui plus pauvre qu'il ne l'était avant son élévation au trône ; que celui qui a enrichi la France de tant de milliards peut à peine subvenir aux dépenses de la modeste habitation où il s'est retiré avec l'Impératrice et son fils, et des quelques serviteurs fidèles qui l'ont accompagné dans l'exil.

LES HOMMES DU QUATRE SEPTEMBRE.

Comparons le bilan de leur règne avec celui de l'Empire.

Leur bilan se résume en ces trois mots : **ruine, honte, mutilation** de la France.

Comment en eût-il été autrement?

N'ont-ils pas débuté par fouler aux pieds tous les principes de la société, toutes les lois de la morale et de l'honneur?

*
* *

La base de notre état social et politique, depuis 89, est la *souveraineté nationale*.

Quelques mois avant la révolution du 4 septembre, la nation s'était prononcée, pour la troisième fois et à la presque unanimité des voix, en faveur de l'Empereur, de sa Dynastie et de la Constitution impériale.

Pour détruire cette Constitution, pour renverser l'Empire, il fallait la volonté de la France.

Est-ce la France qui a fait la révolution de septembre?

Quelques députés, ayant pour auxiliaire un général qui tenait son autorité de l'Empereur, et, pour appui, une bande de ces mêmes émeutiers qui, plus tard, les ont chassés de Paris, se sont emparés du pouvoir suprême.

Telle est l'origine du gouvernement des nouveaux *Septembriseurs*.

Ils étaient à peine installés qu'ils prononçaient la déchéance de l'Élu du peuple, qu'ils expulsaient les représentants légaux de la nation et proclamaient, sur les ruines de la Monarchie que voulait la France, la République dont elle ne voulait pas.

La volonté particulière de ONZE hommes, et quels hommes! se substituait ainsi à la grande volonté du pays.

La suite de leurs actes devait répondre à ces commencements.

* *
*

Sans s'enquérir si la France, après la perte de ses armées régulières, était encore capable de soutenir une lutte aussi inégale, le nouveau gouvernement décide que la guerre continuera; et, pour ne laisser aucun doute sur sa résolution, il s'intitule fièrement : *Gouvernement de la défense nationale*.

Nouveau mensonge !

La preuve qu'il ne se croyait pas capable de défendre la France, c'est qu'il a laissé à Paris, pendant de longs mois, des multitudes de soldats, de mobiles et de gardes nationaux livrés, sans discipline, à tous les désordres qu'entraînent l'oisiveté et le séjour d'une grande ville ;

C'est qu'avec cinq cent mille hommes armés, il n'a su ni s'emparer des hauteurs qui dominent Paris, ni même achever les redoutes que le Gouvernement impérial avait commencées sur les points où les Prussiens se sont établis pour nous bombarder et nous affamer tout à leur aise ;

C'est qu'il n'a pu empêcher trois cent mille ennemis de nous entourer d'un cercle infranchissable, ni les retenir autour de Paris, ni s'y faire une trouée pour nous ravitailler.

C'est que, sachant que Paris n'avait à craindre que la famine, ce Gouvernement a laissé gaspiller les vivres que l'Empereur y avait fait accumuler, et qu'avant que nous fussions réduits à manger du pain d'avoine, il laissait donner aux chevaux du pain de froment.

C'est qu'enfin, lorsque l'armée de Metz était encore intacte, que Strasbourg et toutes nos places fortes

6.

résistaient, que les ressources des autres parties de la
France n'étaient pas même entamées, le larmoyant J.
Favre était accouru à Ferrières, au-devant de M. de
Bismark, pour en implorer la paix, au prix de *tous
les milliards* que la Prusse voudrait exiger.

*
* *

Qu'est devenue la morale publique, sous ce Gouvernement de malheur?

Ces hommes qui avaient tant d'intérêt à respecter
le voile de la vie privée, ne se sont-ils pas empressés
de le déchirer, au grand scandale de tous les honnêtes
gens?

Ils en ont été rudement punis. Dans les tiroirs ét
es papiers secrets de la famille impériale, qu'ont-ils
trouvé, si ce n'est leur propre déshonneur?

En ordonnant la mise en liberté du citoyen Mégy,
l'assassin d'un sergent de ville, et d'Eudes, l'assassin
d'un brave pompier, ils espéraient se concilier les
sympathies des émeutiers;

En confiant des armes et en donnant des drapeaux
à la garde nationale des quartiers les plus turbulents,
ils voulaient s'entourer d'une armée dévouée;

Ils n'ont fait qu'organiser cette horrible armée de
la Commune qui s'est ensevelie sous les ruines de Paris,
et qui les aurait impitoyablement fusillés s'ils étaient
tombés en son pouvoir.

*
* *

Et nos finances! et le travail! et le crédit! et la
confiance! et les droits acquis! et le sang de nos en-

fants ! et la religion ! et la liberté ! Qu'est-ce que tout cela est devenu entre les mains incorruptibles de ces héroïques défenseurs du pays ?

Tandis que Paris supportait courageusement toutes les horreurs d'un long siége, aggravées encore par les mesures vexatoires de la plus stupide administration qui fut jamais, les délégués du gouvernement central achevaient, à Tours et à Bordeaux, de désorganiser et de ruiner la France.

Le juif Crémieux sapait la magistrature dans sa base, en même temps qu'il préparait, par des décrets intempestifs, la révolte de l'Algérie, que nos soldats étouffent en ce moment dans leur sang.

De son côté. Gambetta portait en province ses ardeurs révolutionnaires qui, sous couleur de patriotisme, jetèrent partout le désordre et l'anarchie.

Les départements n'oublieront jamais à quelles mains indignes il avait confié leur administration.

Les armées qu'il improvisait se souviendront longtemps aussi de certains généraux qu'il plaçait à leur tête pour les conduire à la boucherie ; de ces fournisseurs qui, sous prétexte de les habiller et de les nourrir, les laissaient mourir de froid et de faim.

*
* *

L'invasion des hommes du QUATRE septembre a été pour la France un fléau dix fois plus terrible que l'invasion prussienne, dont ils n'ont fait, du reste, qu'étendre partout les ravages.

Ce gouvernement a été apprécié, avec une rare exactitude, dans le *Paris-Journal* du 23 mai 1871 :

« La troisième République, dit-il, a montré, depuis le 4 septembre, qu'elle est le gouvernement

» Qui nous ruine le plus,

» Qui démembre le mieux la France,

» Qui coûte le plus cher,

» Qui favorise le mieux l'émeute,

» Qui nous fait battre le mieux par l'étranger,

» Qui nous nourrit le plus mal,

» Qui nous rend odieux et suspects à l'Europe : »

Ajoutons à ce sommaire : Les horreurs de la guerre civile, nos monuments en cendres, Paris *noyé au sang de ses enfants;* tout ce que peut produire l'*abomination de la désolation.*

* * *

Finis coronat opus. La fin du règne des *Septembriseurs* l'a dignement couronné.

Cette fin, c'est la *capitulation* de Paris; ce sont les *préliminaires de la paix* à Versailles; c'est le *traité définitif* qui vient d'être signé à Francfort.

Inutile d'en rappeler ici les conditions. La France les connaît, et tous les petits enfants les apprendront par cœur dans nos écoles.

Le livre qui les renfermera sera celui de notre honte en même temps que de notre vengeance.

Jamais nation n'en a subi d'aussi ruineuses, d'aussi déshonorantes.

Il n'y avait qu'une seule main française qui pût, sans se dessécher, signer de telles conditions; c'était celle du chef de ce parti politique qui a mis la France dans la nécessité de s'y soumettre.

Que cette main soit à jamais maudite !

*
* *

Au reste, le châtiment pour eux ne s'est pas fait attendre. Malgré l'inexplicable protection dont les couvrit M. Thiers, tous, sauf un seul dont le tour viendra bientôt, sont tombés du pouvoir dans l'oubli d'où ils n'auraient jamais dû sortir. L'un des plus coupables, Jules Favre, ne sait où se retirer pour cacher le souvenir des malheurs et des hontes qui s'attachent à son nom. Quant au général Trochu, la lettre suivante de l'Impératrice à la princesse Anna Murat, duchesse de Mouchy, porte à l'ex-gouverneur de Paris un coup dont toute sa faconde ne pourra le relever.

« Chislehurst, le 17 juin 1871.

» Ma chère Anna,

» Je viens de lire dans le *Journal officiel* le discours du général Trochu. Je ne sais si l'indignation sera assez forte pour me faire surmonter le dégoût que j'éprouve à la pensée de cet homme qui, après avoir trahi et abandonné la souveraine, essaie aujourd'hui, du haut d'une tribune française, de déshonorer la femme.

» Dans un récit fantastique, il ose me présenter comme une ambitieuse prête à trahir le pays et l'Empereur, voulant effacer son nom d'une proclamation pour des raisons que le général seul a pu trouver dans son cœur, mais qui, grâce à Dieu, n'ont jamais eu de place dans le mien.

» Il côtoie la vérité comme il a côtoyé les Tuileries sans y entrer. Il s'empare d'un fait réel pour le dénaturer. La première phrase de sa proclamation, dont il me montra le projet dans la nuit du 17 août, annonçait que le *général précédait l'Empereur seulement de quelques heures.*

» L'Empereur ne devant pas rentrer à Paris, il fallait nécesairement modifier cette phrase. J'en fis l'observation au général ; *c'est là l'incident* dont il profite pour me prêter un rôle odieux. Vous qui savez que l'Empereur m'est devenu plus cher depuis nos malheurs, vous qui savez combien j'admire son abnégation, son courage, son calme inébranlable en présence des plus viles calomnies, croyez-vous que j'eusse choisi un tel moment pour le renier !

» Il est aussi une accusation que je veux relever. Le général Trochu prétend que le gouvernement de la régence n'a rien fait pour la défense de Paris, du 17 août au 4 septembre. L'enquête, j'en ai la certitude, prouvera le contraire. Le général s'accuse lui-même, puisqu'il était à la tête du comité de défense. Personne ne pouvait paralyser son autorité; la loi concentrait entre ses mains les pouvoirs de l'état de siége, ces pouvoirs exceptionnels que Cavaignac a exercés en 1848, et Mac-Mahon en 1871. Quant à moi, j'accepte résolûment toute la *part de responsabilité* qui me revient dans les événements politiques auxquels j'ai été mêlée comme régente ; mais il est un honneur que je ne me laisserai pas enlever, celui de n'avoir eu qu'une pensée, le salut du pays, et d'avoir en toute circonstance subordonné à sa cause toutes les questions dynastiques.

» Je n'ai fait en cela que suivre l'exemple de l'Empereur ; lorsque sur le champ de bataille de Sedan il se sacrifiait pour sauver 70,000 existences, lorsqu'il s'effaçait pour laisser à la régence *toute liberté* de traiter sans lui, il croyait supprimer ainsi le seul obstacle qui s'opposait *à la paix,* le roi de Prusse ayant déclaré que c'était l'Empereur qu'il combattait et non la France.

» Pendant ce temps, le général Trochu, d'accord avec l'opposition, fait une révolution, prive ainsi la France de l'appui de l'Europe *monarchique, dégage les souverains et leurs gouvernements des engagements* PRIS, et commence « cette héroïque folie » qui est la cause de nos désastres. Pourtant, il l'avoue lui-même, à partir de la fin de septembre, il ne croit plus ni à la défense de Paris, ni aux armées de province. Il n'a d'espoir que dans l'intervention de l'Angleterre, de l'Italie et de l'*Amérique !* rêve maladif de son imagination surexcitée ! Lui qui s'est tant et si durement élevé contre ce qu'il appelle les imprévoyances de l'Empire, il ne sait rien prévoir, il attend que les événements le relèvent de son poste et que le hasard donne une issue à la défense de Paris. Sa capacité politique est *jugée ;* quant à son caractère, puis-je l'estimer, quand je me rappelle encore de quel air convaincu il disait, pour me rassurer sur ses sentiments *que je ne voulais pas suspecter :* « Souvenez-vous que je suis Breton, catholique et soldat. » Il a oublié depuis que la Bretagne est la terre classique de la fidélité, que le catholique est lié envers Dieu par le serment qu'il a fait aux hommes, et que le soldat ne doit jamais tirer contre une cause l'épée qu'il a reçue pour la défendre.

» Je vous embrasse tendrement vous et les vôtres,
» Votre affectionnée,

« EUGÉNIE. »

CONCLUSION

De tout ce qu'il précède il résulte :

Que l'Empereur n'a pas voulu la guerre de 1870 ;

Que ce n'est pas sa faute si nous n'étions pas prêts à la soutenir ;

Que ce n'est pas lui qui l'a dirigée, qui l'a rendue si désastreuse ;

Qu'il s'est conduit à la bataille de Sedan d'une manière digne de son rang et de son nom.

Qu'il n'a été pour rien dans la capitulation qui a suivi cette bataille, et n'est intervenu que pour empêcher le massacre de nos soldats.

Que jamais la France n'a été plus prospère que sous son règne.

Que loin de s'être enrichi aux dépens de la nation, il n'a employé les ressources de sa liste civile que pour encourager l'agriculture, les sciences, les lettres, les arts, pour soulager la souffrance et la misère.

* *

L'Empereur a donc rempli de son mieux la mission que le peuple français lui avait confiée ;

Et les populations honnêtes des villes et des campagnes, qui l'ont par trois fois acclamé, loin d'avoir à en rougir, ont droit d'en être fières.

Par conséquent ceux qui, après avoir usurpé sa place, l'ont accusé de tout le mal qu'ils ont fait au pays ne sont que d'infâmes calomniateurs.

La conclusion de cet écrit répond donc parfaitement à son titre :

ILS EN ONT MENTI.

www.ingramcontent.com/pod-product-compliance
Lightning Source LLC
Chambersburg PA
CBHW071106260626
47162CB00006B/2228